巨龙西行

——银西高铁纪行

《巨龙西行——银西高铁纪行》编写组 著

中国铁道出版社有限公司
CHINA RAILWAY PUBLISHING HOUSE CO., LTD.

图书在版编目（CIP）数据

巨龙西行：银西高铁纪行 /《巨龙西行——银西高铁纪行》编写组著. — 北京：中国铁道出版社有限公司，2024.6

ISBN 978-7-113-30230-6

Ⅰ. ①巨… Ⅱ. ①巨… Ⅲ. ①游记-作品集-中国-当代 Ⅳ. ①I267.4

中国国家版本馆CIP数据核字（2023）第083070号

书　　名： 巨龙西行——银西高铁纪行
JU LONG XI XING: YIN-XI GAOTIE JIXING

作　　者：《巨龙西行——银西高铁纪行》编写组

策划编辑： 王新苗
责任编辑： 付巧丽　　**编辑部电话：**（010）51873179
封面设计： 闰江文化
责任校对： 安海燕
责任印制： 赵星辰

出版发行： 中国铁道出版社有限公司（100054，北京市西城区右安门西街 8 号）
网　　址： http://www.tdpress.com
印　　刷： 北京盛通印刷股份有限公司
版　　次： 2024 年 6 月第 1 版　2024 年 6 月第 1 次印刷
开　　本： 710 mm × 1 000 mm　1/16　**印张：** 15.25　**字数：** 220 千
书　　号： ISBN 978-7-113-30230-6
定　　价： 70.00 元

前言

一个车站，兴盛一个城市；一条线路，繁荣区域经济。

通向远方的路，带来的不仅是出行的便捷，更是发展的希望。尤其对于广袤的西部来说，一条高速铁路，带来的是人们拥抱明天的信心，是地区走向振兴的希冀。

历时七年多建成通车的银西高铁，便承载着这样的信心和希冀。银西高铁穿过萧关古道、古豳州、庆州古城、引黄灌溉古渠等众多历史文化名胜，架桥穿隧，径路更短更方便。昔日丝绸之路驼铃声声、沙土漫漫、斜阳古道，中原到西域不是件易事；今时涉水穿隧，如同走进时光隧道，半天便可从古城西安来到塞上江南银川。银西高铁是西部各族人民翘首期盼的小康线；是西部地区高质量发展的生命线；是促进区域经济开放协同、打通经济内循环的联络线；是承载革命老区人民对美好生活向往的乡村振兴线。

时值银西高铁开通三周年之际，本书作者们以沉浸式体验和游记的方式讲述这条高铁线给当地人们带来的变化、为生活呈现的惊喜；环县皮影、庆阳香包、乾县豆腐脑等地方特色被更多的人知晓；南梁红色教育基地、陕甘边苏维埃旧址、山城堡战役纪念馆等红色教育基地，迎来一批批游客；黄花菜、枸杞、甘草、羊肉等农牧产品搭乘高铁快速走向全国。

本书从策划始，西安局、兰州局集团公司诸位作者深入采访、亲身体验、精心创作，至今也已历三载。各位老师创作风格迥异，但指向却是一致的，他们挖掘介绍银西高铁沿线自然风光、百姓生活、悠久历史、物华天宝和红色基因，以个体独特的视角叙述，让更多的人搭载上快速发展的时代列车。简要概述，全书呈现三个特点：

一是视角独特。作者们对沿线自然历史文化等资源的挖掘，不是来去匆匆的“一日游”，不是泛泛而谈，而带有个体深入思考的印记。比如描述“八百里秦川，不如董志塬一个边”的历史名城庆阳，有对庆阳浓厚民俗文化的感受，有因范仲淹曾在古庆州任地方官而深深影响着这个地域风尚的侧重人文精神的阐述。这样的例子书中还有很多。

二是语言优美。作者们有着扎实的功底和丰厚的学养，无论是鸟瞰沃野千里的关中、沟壑纵横的黄土高坡、边漠江南的宁夏，还是随着高铁走进《诗经》中早有记载的古豳州、素有“长城博物馆”之称的灵武；无论是烙刻红色印记的《传奇“木匠”涂作潮》、彰显铁路精神的《铿锵铁路奏凯歌》，还是惠安堡生意火爆的宁惠楼餐厅老板顾占强、坐着高铁走向全国的盐池滩羊、在家门口吃上旅游饭的永寿老乡们，篇篇文字简洁优美，故事引人入胜，有很强的可读性。

三是实用性强。本书从策划始便独具匠心，突出“游”的揽胜，突出“古”的探寻，突出“宝”的挖掘。银西高铁沿途设站 18 个，纵穿陕甘宁三省区，要将特色全呈现出来，要么概而不全，要么浅点而止。本书独辟蹊径，以高铁线为轴，以 18 个高铁站为点，辐射开来，全书分五章，从五个角度进行体验式描写，为读者乘坐高铁前往诗和远方提供了操作指南。一册在手，即可全方位、多角度感受银西高铁沿线的自然风光、风土人情和历史文化。

“快节奏、慢生活”，便捷的交通提升我们的出行品质，高铁的“快”，为我们享受生活的“慢”提供了依托，也延展了幸福的内涵。感谢银西高铁，让广大读者和美丽的银西高铁沿线可以双向奔赴，也期盼大家通过本书呈现的美丽画卷，喜欢上这方广袤厚实的土地，愿意抽出时间乘坐高铁，穿越时空，探幽寻古，品味和传承这片大地上的历史文化和红色基因。

钟琪

2024 年 3 月

目录

拍摄 · 詹小洪

第一章

自然风光

乘着高铁，从关中到塞上

作者
邹进林
常文进

‖ 三秦大地——陕西 ‖

被誉为“被山带河，沃野千里”的关中，的确是天下灵粹的汇聚之地。“八百里秦川”，既有“云横秦岭家何在？雪拥蓝关马不前”的大气豪迈，也有“试登秦岭望秦川，遥忆青门春可怜”的细腻婉转；既有“槛外低秦岭，窗中小渭川”的浪漫恣意，又有“风雨去愁晚，关河归思凉”的多愁善感。厚重历史文化映衬下，这片土地独特的自然山水，更呈现出傲人多姿的风采。

长治久安，天下长安

西安，地处关中平原的中部，北邻渭河，南依秦岭，八水润长安，是中华文明和中华民族的重要发祥地，也是丝绸之路的起点。历史上先后有13个王朝在此建都，周丰镐都城，秦阿房宫，汉未央宫、长乐宫，隋大兴城，唐大明宫、兴庆宫等勾勒出历代统治者缱绻不绝的“长安情结”。

“长安”，长治久安。在这里，时间仿佛是凝固的，它的精魂幻化成了一个又一个醒目的地理山川、名胜古迹，总是让人流连忘返。那些掩藏在历史烟尘中的亭台楼阁、山川水榭，在过往千年的往事里，或喧嚣，或静默；或孤绝，或诉说，不绝如缕，而又清晰如昨。

漫步在西安的街衢坊市中，总会有种恍若隔世的感觉，仿佛有一条时间和空间凝成的绳索不由自主地在你的心里回闪、沸腾。那些轮转不已的繁华与衰败，那些庙堂之上的征伐与争论，那些野老山林的高蹈与清贫……总会因缘蛛丝马迹触发，在一瞬间跑出来，萦绕在脑海，似乎隔着半透明的帷幕，使你忍不住想要一探究竟。而在高楼林立、车水马龙、人流熙攘的现代化都市蓦然回首，那些蛰伏在血液里的历史与未来、光明与暗淡，又似乎是一条奔腾不息的河流，不断地洗濯、冲刷着一条勇毅、果敢的前行之路。

西安是中国最佳旅游目的地、“中国国际形象最佳城市”之一，巍巍楼阙，层层飞檐，尖尖塔尖，古老城墙，唯有西安最中国。西安的自然风光也独树一帜，别有情趣，著名的自然景观有终南山、翠华山、太白山、骊山，以及太平国家森林公园、朱雀国家森林公园、浐灞国家湿地公园等。

“天下第一福地”终南山，位于西安市长安区界内的秦岭北麓，东起蓝田，西至太白山，绵延200余里，是长安的天然屏障。

终南山是著名的道教圣地，也是“寿比南山”“终南捷径”典故的诞生地。包含四个景区：南五台、石砭峪、翠华山和罗汉坪，山峦连绵起伏，松柏郁郁葱葱，环境清幽，美不胜收，动植物资源也十分丰富，有“中国天然动物园”“亚洲天然植物园”之称。

翠华山，是终南山国家森林公园的重要组成部分。自秦朝以来，翠华山就是历代皇家的“御花园”，帝王在此狩猎、祭祀、避暑。翠华山风景如画，山清水秀，峰顶的湫池风光尤为引人入胜。湫池四周群山环峙，碧波荡漾，如一面明镜般纤尘不染。池南的太乙殿，是旧时遇旱祈雨之所；池北的冰洞、风洞、八仙洞等，也都颇有盛名。冰洞在盛夏时节仍然坚冰垂凌，风洞则一年四季寒风飕飕。冰洞东南有飞流直下的瀑布，蔚为壮观。

翠华山素有“中国山崩奇观”“地质地貌博物馆”之美称，气势磅礴的天崩地裂壮景——残峰断壁、崩塌石海、堰塞湖，世所罕见。

太白山，是秦岭的最高峰，海拔3700多米，地跨西安周至县和宝鸡的太白县、眉县，以高、寒、险、奇、富饶、神秘而闻名天下。太白山分南、北两坡，海拔不同，气候类型也迥然各异。北坡为太白山国家森林公园，南坡则是太白山自然保护区。从北坡到南坡，有“太白八景”：红河丹崖、

拍摄 · 刘翔

斜峪雄关、古枫幽境、桃川曲流、斗母奇峰、平安云海、太白明珠、拔仙绝顶。

“阴崖皑皑积古雪，绝壑长松几摧折。”这是形容太白积雪的著名诗句，“太白积雪六月天”是关中八景之一。相传六月时节，山下已近盛夏，处处花红柳绿，而太白山的巍峨高峰之上，依然银装素裹，积雪终年不化，在阳光的照射下，银光闪闪，蔚然壮观。这样的奇观由于时节所限而不能亲至目睹，也只能一番遥想了。

“骊山语罢清宵半，泪雨霖铃终不怨。”见证唐明皇与杨贵妃凄美爱情的骊山，位于西安市临潼区内，是秦岭的支脉，海拔 1300 多米，因山上松柏常青，苍翠秀丽，远眺像青黑色的骏马而得名。

日落时分，在晚霞的映照下，骊山犹如披金挂彩一般，格外绮丽，故而“骊山晚照”为一大胜景。骊山还曾是周、秦、汉、唐等王朝的皇家园林，离宫别墅众多，如今依然遍布名胜古迹，有烽火台、老母殿、老君殿、晚照亭、兵谏亭、上善湖、七夕桥、尚德苑、遇仙桥、三元洞等景点。相传，女娲曾在此“炼石补天”；周幽王在这里与褒姒上演“烽火戏诸侯”；秦始皇将自己的寝宫建在骊山脚下，留下了闻名世界的兵马俑；唐玄宗与杨贵妃在此演绎动人的爱情故事；震惊中外的“西安事变”也发生在骊山上。骊山，在自然风光之外，拥有了厚重的历史气韵，是中国历史发展的见证者。

长安陌上无穷树，唯有垂杨管别离。告别了厚重、大气的长安，我们乘坐地铁二号线前往此行真正的出发地，银西高铁起始站——西安北客站。

遇见咸阳，一路向阳

2011 年投入使用的西安北站是西北地区最重要、规模最大的铁路客运枢纽，状如“米”字，是沟通中国东部和西部的重要铁路中转换乘站。西安北站分三个站场，共 16 站台 34 线，是亚洲站台股道数最多、站场规模最大的高铁站。2020 年 12 月 26 日，西安北站首发开往银川站的 D4355 次列车，标志着西安到银川的高速铁路全线开通运营。

乘着高铁，从关中到塞上，是我们此次的行程。初秋时分，天高云淡，空气中仿佛散发着一股淡淡的果实成熟的鲜甜气味。CR300BF“复兴号”缓缓驶离西安北站，沿着这条崭新的高速铁路线奔驰而去。

列车出站不久，就开始平稳加速，似乎只是一个瞬间，时速已提升至百公里以上。车窗外，一大片一大片关中城市群落飞快地从眼前掠过，鳞次栉比的楼群之间穿插着一块块茂盛的绿植，跟随着火车的节奏蔓延。这个季节，作物已经收获，绿野间又掺杂了一块块的黄，黄绿相间，糅成一幅初秋的彩笔画架，尽情皴染着八百里秦川。远山黑黢黢的，看不清楚；瓦蓝天空中的几朵白云，似乎也滞留在了原地，一动也不动。

和我同坐的是一位地道的陕西人，有着一张方正的脸，说话时带着浓郁的秦地口音。据他说，原来西安到咸阳的车程最快也要一个小时，现在，分分钟的事儿。他说话时儿化音急促地往上翘，十分自豪的样子。

是的，13 分钟后，我们到达了秦都故地——咸阳。

咸阳，地处八百里秦川腹地，因渭水穿南，嵕山亘北，山水俱阳而得名，是中国首个封建王朝秦王朝的都城。

咸阳是中国大地原点所在地，东邻省会西安，西北与甘肃接壤，曾获众多荣誉：中国甲级对外开放城市、国家级历史文化名城、全国双拥模范城市、国家卫生城市、中国魅力城市、中国地热城、全国十佳宜居城市、首批中国优秀旅游城市、全国精神文明创建工作先进市及中华养生文化名城等。

咸阳是秦汉文化的重要发源地，文物景点近 5000 处，汉高祖长陵、汉景帝阳陵、汉武帝茂陵、唐太宗昭陵、唐高宗和武则天合葬的乾陵等 28 位帝王陵寝连绵百里。

唐代李商隐曾作《咸阳》诗："咸阳宫阙郁嵯峨，六国楼台艳绮罗。自是当时天帝醉，不关秦地有山河。"当年的奢靡与繁华已随着历史的烟尘远去，留下公刘墓、秦公陵、秦永陵、霍去病墓、北周孝陵等知名墓葬，长武昭仁寺、永寿武陵寺塔、彬县开元寺塔、礼泉香积寺塔、武功报本寺塔和渭城凤凰台等古建筑。

以一碗咸阳油泼面为食，带着齿颊余香，我们来到了渭水北岸的"咸阳五陵原"。有别于《桃花源记》中的武陵源，这里因西汉时期设置五座陵邑而得名。实际上，西汉十一座帝王陵中，有九座在咸阳五陵原上，所谓"江南才子北方将，咸阳原上埋皇上"。一座座墓葬陵园，使得这里有"东方金字塔群"之称。

一座陵冢，埋藏一个帝王的传奇一生；一组陵丘，封存一个朝代的兴衰更迭。登临五陵原上，我们仿佛依然能听到西汉那段金戈铁马的峥嵘岁月里，铁蹄阵阵，马鸣嘶嘶……

五陵原地势高亢，黄土深厚，南临渭水，北接北山，是关中腹地唯一山环水绕之峻岌坂原。关中平原，八百里秦川，素有"陆海""天府"之称。这里云气烟雾、重峦叠嶂、绿泉飞瀑、古树繁木，山美景秀，文人迁客的吟诵更是不绝如缕，传唱千古，"万户楼台临渭水，五陵花柳满秦川""渭城朝雨浥轻尘，客舍青青柳色新”“咸阳二三月，宫柳黄金枝”“一上高城万里愁，蒹葭杨柳似汀洲”……

以五陵原为历史背景，以渭河、沣河为主轴，位于咸阳市秦都区的咸阳湖景区，不断绿化、美化、亮化沿途景观，形成了一条全长 15.56 公里的生态景观带，犹如一条美丽的绿色飘带，与蓝天白云相映。

两寺渡公园、钓台西照、细柳清风、渭水晚情、防洪渠系、渭滨公园、咸阳古渡、渭阳新区、长堤石刻、古渡公园、化工之光、杜邮春草、上林晨曦……景观带上，众多景点依次排列，串联成线，展示了咸阳特有的滨水历史文化，是人与自然和谐统一的现代生态景观。

春日的咸阳湖畔，杨柳依依，波光粼粼。清晨，群鸟翔集，啼声婉转；游人晨练，步履轻盈。如此山光水色，宛若江南美景。

咸阳，一座山水相生、古色古香的城，让人不由想起一首关于它的诗歌片段：

这里，是人类的少年
秦人西来，筑城即是筑国
快乐的黄土和流水
轻松的马蹄和辙印
洒满河谷的种子和炊烟
朴素的砖，方正的脸
2300 年前
秦的国，渭的河
一个叫华夏的家园

银西高铁在西安“米”字形网络的左上角。一路向西，动车组载着我们轻松惬意地跨过渭河，跨过平原与丘陵。在河流密布的原野之中，闲适的耕牛似乎是在水野之间炼金，那水鸟跃过的湖面荡起一片片涟漪，仿佛取景框中定格的瞬间，也牢牢镌刻在了我们的脑海中。江山如画，怎能不一一看过？事实上，银西高铁沿途所停靠的每一个站点，都有着丰富的旅游资源，自然风光也是一站一特色，不容错过。

天降甘露，地出醴泉

自礼泉南站下车，直行一公里即可到达礼泉县。隋开皇十八年（公元598年），此地因有醴泉，味如醴而改名为醴泉县，1964年改“醴”为“礼”。《辞源》说：“醴泉，言泉水味甘如醴也。”史载县城东南30里处有泉眼，泉深不可测，水味甘如醴。

礼泉建县已有2200多年，隶属于咸阳市，拥有古文化遗址21处、古建筑5处，是陕西省重点文物旅游大县之一，风景名胜有昭陵、建陵、醴泉湖、御桃园、袁家村、湾里村、文庙、顶天寺等。其中，唐太宗李世民的昭陵占地30万亩，陪葬墓209座，是世界上最大的皇家陵园。昭陵六骏更是驰名中外。山水风光中，醴泉湖、九嵕山和朝阳山各具特色，是人们旅游休闲的上佳之选。

醴泉湖位于礼泉县城北2.5公里处，依托关中地区最大的水面资源——万亩甘河水库开发建设而成。

无论是岸边还是水面，醴泉湖的景色都优美如画，被称为渭北高原的“杭州西湖”。这里是西北最美黄土大峡谷，关中最大湖滨休闲地，有弥陀寺、罗家村、小河村、现代农业观光采摘区、依水人家特色餐饮区等，丰富的旅游资源吸引了众多游人。在水产养殖区、岸边花木观赏区，大量鸟类如老鹰、鸬鹚、白鹭、天鹅等往来栖息。湖边峡谷展现出黄土风情，水中植物呈现出独特景观，伴随着四季变化，在湖面倒影中，别具风情。

九嵕山，位于礼泉县东北，是“天下名陵”昭陵所在地，海拔1188米，因均匀分布着九道山梁，古人称小山梁为“嵕”，故而得名。

山势连绵起伏，孤高耸绝，松柏青青，荒草寂寂。登临其上，瞻仰昭陵，南望秦川，北眺塞外，不由得让人兴起怀古思幽之情。

朝阳山，在礼泉县东北烟霞镇和叱干镇交界处，西北至东南走向，长 1.8 公里，宽 1.6 公里，面积 3.5 平方公里，因站在峰顶可观日出，故名朝阳山；又因山峰高且尖，汉代曾名天齐山，也称尖山。唐时，山顶修有寺院，俗称顶天寺，矗立于险峰之上，颇为壮观，而今已不复存在。当地流传：“礼泉有个顶天寺，把天磨得咯吱吱。”顶天寺虽不可见，好在山水永存，在朝阳山上观千年来人们都在看的日出，也可谓若合一契了。

乾州八景，唐陵戴帽

乘着高铁继续向前，我们抵达举世闻名的乾陵所在地——乾县。唐高宗李治和中国历史上唯一的女皇帝武则天的合葬墓乾陵，就位于乾县北部的梁山上。

乾县地处“关中—天水经济区”和西安咸阳半小时经济圈的核心地带，是古丝绸之路的商贸重镇。有泔河、漠谷河、漆水河三条河流，主要旅游景点有“乾州八景”：唐陵戴帽、汉宫流泉、五峰叠翠、双乳凌烟、石马开道、金龙锁关、龙岩古寺、响石名潭等。

“乾州八景”中，唐陵戴帽、双乳凌烟、石马开道皆在梁山，自然美景举世瞩目。

梁山共有三座峰，北峰最高，海拔 1047 米。南面两峰较低，东西对峙，好似一对挺拔的乳房，取名“乳峰”。乾陵位于北峰之上，从空中俯瞰，像一只振翅欲飞的绿色凤凰；从东北方向看，又犹如一位仰卧在天地间的美人，头枕梁山，脚踏渭河，体态优美。

天将下雨时，乾陵上空，云遮雾罩，远眺如同戴了一顶绵软的白帽，这就是著名的“唐陵戴帽”。

沿乳峰拾级而上，可饱览关中秀色，云朵在头顶飘过，让人有飘然欲仙之感，“双乳凌烟”故此得名。

拍摄·唐振江

乾陵御道两侧，有 120 多尊石雕依次排列，被誉为“唐代露天石雕艺术博物馆”，此为“石马开道”。

汉宫流泉，即汉朝甘泉宫的甘甜泉水，位于乾县注泔乡南孔头村，汉朝时曾是皇亲国戚、文武大臣巡游、避暑、狩猎、沐浴的休闲胜地。

五峰叠翠，在乾县东北界的五峰山，五峰并峙，有宝泉寺、洋人房、石炕、凤凰窝等景观，绿树繁茂，流水淙淙，是古人求雨、今人避暑之地。

金龙锁关，在乾县西北的龙塘沟，左右峭壁如削，狭窄山谷如咽喉，自古为兵家必争之地。漆水河流至此关，水声咆哮，如巨龙从峡谷迸出，跃至关外，而后一泻千里，迤逦南去。

龙岩古寺，位于乾县临平镇，依山傍水，和沟坡相连，有梭山环绕，东临龙塘口，南面大渡槽。古寺下的漆水河旁，明万历年间已涸的温泉，今又复流，富含矿物质，水温适宜，可沐浴，可疗疾病。

响石名潭，有东潭和西潭，东潭位于乾县东注泔乡东泔谷，西潭位于乾县西漠谷，两潭皆深不可测。潭上的乱石罅隙中，有瀑布高挂，浪花飞溅，訇然可闻，故名响石潭。在潭边临风把酒，别有洞天。

秦陇咽喉，陕甘通衢

永寿西站，位于永寿县城西，建筑设计上，选用万字、寿字等传统元素，“寿”字的柱头、万寿的椽子、槐花的纹样，永寿塔斜面的车站造型，寓意永寿“万寿”之意。为体现永寿“秦陇咽喉”的重要地位，西站还采用门式构图，屋檐与墙体构图匀称，墙面两翼选用折板式造型，整体稳重而恢宏，简洁又大气，彰显出现代建筑特征。

2020 年 12 月 26 日，为迎接永寿高铁时代的到来，当地政府新开辟高铁公交专线投放运行。新能源公交车双向循环发车，极大地方便了旅客通行。

永寿位于陕西省中部偏西，渭北高原南缘，西兰公路纵通境内，素为战略要地，因此有“秦陇咽喉，陕甘通衢”之称。

永寿地形以永寿梁为主轴，分南北两大水系。北部为泾河流域，由四条东北向沟道切割，形成六条南高北低的梁塬结合区；南部为渭河流域，由四条南北向河谷切割，形成四条起伏不平的梁塬和一个台塬。两条水系的强烈侵蚀，使全县地形呈现沟谷纵横的黄土破碎塬。永寿的自然风光中最具特色的当属槐树了。永寿的槐花节已连续举行多年，逐渐成为永寿旅游的新名片。槐花盛开时节到颐和槐树林生态森林公园赏花休闲已是不少人的选择。

槐树林生态森林公园位于永寿县北部山麓，南面乾陵，西邻法门寺，北倚彬县大佛寺，312 国道穿境而过，森林覆盖率 40% 以上，是有名的槐蜜之乡。

公园内有十万余亩槐树林，莽莽苍苍，仿佛绿色的海洋，延伸至天际。每当槐花盛开时节，万树吐露芬芳，白色的花蕊在风中摇摆，香气漫山遍野，引来蝴蝶翩翩，蜂鸣嗡嗡。蜂农忙着收蜜，笑容溢在脸上、心上。还有三万余亩槐花的翠屏山森林公园，槐树繁茂，槐花芬芳，动植物种类丰富。200 多亩的水库，碧波荡漾。整个旅游区资源丰富，环境优美，让人在春日里赏花之余，有返璞归真、回归自然之感。

在海拔一千多米的黄土高原上，山塬伟岸，沟壑纵横，黄土地窑洞生态度假庄园就位于此处。这里有世界上最大的窑洞群落——天井窑院，以凹穴式的百年古窑洞,展现黄土高原“住”文化。景区主要由千年永寿神泉、百年古柿子林、白垩纪峡谷沟壑、万果花园，以及民间民俗博物馆、中国古镇博物馆等组成。

永寿神泉，存世千年，即逢久旱也不会干涸；古柿子林，历经百年，每到秋收则一片橘红柿海。

白垩纪峡谷沟壑，位于等驾坡上。等驾坡，意为皇上亲临时等候圣驾的山坡，相传此地曾是唐太宗李世民的避暑胜地。这里有距今约 1.35 亿年的白垩纪时代原始地貌，塬壁如鬼斧神工，褶皱丛生，断层横陈，虽然植被郁郁葱葱，身处其中仍感觉险象环生。

在黄土地感受原始风情，当夕阳西下，微风拂面，金色晚霞映照着上亿年的黄土，发出耀眼的光芒，身边有蝴蝶翩翩起舞，花果悠悠飘香……黄土高原特有的魅力，吸引着一波又一波的游人不远千里而至。

一代兴王地，千年志古豳

《诗经·大雅·公刘》曰："笃公刘，匪居匪康。乃埸乃疆，乃积乃仓；乃裹餱粮，于橐于囊。思辑用光，弓矢斯张；干戈戚扬，爰方启行……"这是一篇后世子孙祭祀先祖、唱诵祖宗功德的诗。诗中的"公刘"故里就在今天的彬州市，即所谓"一代兴王地，千年志古豳"。

银西高铁彬州东站距离彬州市城区中心四公里，是陕西省辖县级市，由咸阳市代管。彬州旧称邠州、豳州，秦时设漆县，2018年撤县设县级市。辖内主要风景名胜有金池革命旧址、大佛寺石窟、豳州驿、太极湾、石龙窝、侍郎湖森林公园、太峪草莓基地、龟蛇山等。

豳州驿位于咸阳市西北部，地处渭北塬，距咸阳机场约110公里，距西安北站约130公里。依托丝绸之路驿站文化和中国莓谷观光农业，激活渭北风俗、文化、饮食遗产，豳州驿形成丝路驿站风情城、中国莓谷采摘园、渭北民俗体验地等三大旅游卖点，成为集餐饮、观光、采摘、购物、休憩为一体的旅游风景线。

豳州驿山清水秀，景色宜人。远处群山如黛，若隐若现，眼前杨柳拂风，婀娜多姿，水中鱼鸭悠闲，嬉戏来去。在这样一片自然山水间行走，远离尘世喧嚣，亲近田园自然，仿如在一幅中国山水画中行走，浑然忘我，好不惬意！

豳州驿周边有着丰富的旅游资源，约30公里处是世界文化遗产大佛寺，约40公里处是太极湾自然风景区，串联起彬州市的自然风光与人文景观，这使得豳州驿成为彬州市两日游精品线路的重要节点。

公刘故里，诗经之乡——太极湾，位于咸阳市彬州市太峪镇，泾河的大拐弯处。因泾河受天然地形的影响，在峡谷间曲折迂回，左冲右突，造就了一个天造地设的阴阳太极图案，故而得名。

太极湾空气清新、水质清澈。春天，金黄色的油菜花遍布山野；水畔岸边，有几户人家依水而居，层层梯田上，一块块绿油油的小麦正在茁壮生长，一树树粉嫩的桃花点缀其中，缓缓流水里，游鱼清晰可见。诸多美景的融入，将这里打造成了以绿色为主色调，间或有黄色、粉色点缀的太极图，更加亮丽迷人。

“一泓碧水，四面青山。”侍郎湖，位于彬州市城南 40 公里处，是山体滑坡形成的天然聚湫。湖水最深可达 18 米，总库容约 166 万立方米，是陕西省内最大的天然淡水湖，有“高原明珠”美誉。

侍郎湖不光景色迷人，还有许多神奇之处：一是“涝不升，旱不降”，无论多雨还是干旱，湖面水位都不受影响；二是“夏秋无落叶”，湖水四面环山，树叶茂密，可是湖面终年无落叶；三是水线之谜，如若第二天有雨，则前一天在湖面上会出现一条水线。

“彬州有个西庙头，半截戳进天里头。”侍郎湖就位于这“半截戳进天里头”的西庙头林区的东南边缘。西庙头林区是彬州市的“天然氧吧”“绿肺”，有大量天然次生林和人工林，以刺槐为主，还有其他多种动植物，一年四季，都是生机盎然的景象。

龟蛇山位于彬州市泾河岸边，因两道酷似龟、蛇的山梁奔入泾河，合为一体，龟蛇合体即为玄武，故又名玄武神山。龟蛇山旅游资源丰富，其中尤以大峡谷漂流为最。漂流自龙高镇富仁村起，至太盘村止，全长十公里，时长约 70 分钟，山谷中激流跌宕，两岸风景如画，河床有宽有窄，河流时缓时急，在群山环抱之中，顺水而下，眼见两岸怪石嶙峋，阡陌纵横，会有无比新鲜、刺激的享受。

‖ 陆都心脏——甘肃 ‖

从肥沃富庶的关中平原出发，动车组一路越高山、跨平原，来到沟壑纵横的黄土高坡，视野逐渐开阔起来，眼前可见的是一块块土黄色的梯田，沙海、黄河、窑洞，仿佛秋天走到这儿一下子就加快了脚步。我们进入了陆都心脏——甘肃。

银西高铁在甘肃省内分别设有宁县、庆阳、庆城、曲子、环县、甜水堡等车站。它北起宁县，向东南延伸，横穿庆阳，为革命老区开启了高铁通道。

“天下黄土第一塬”——董志塬

宁县高铁站，距离县城三公里。宁县，又称“义渠古都”，有着数千年的文明史。周先祖公刘在此拓荒务农，开创基业；平王东迁后，义渠在此建立郡国，定都城西庙咀坪；秦始置县，西魏改称宁州，沿袭至清代，1913年始称宁县。

宁县地处“天下黄土第一塬”——董志塬腹地，东部梁峁沟壑交错，中西部川台河谷与高原沟壑相间，年降水量570多毫米，泾河、蒲河、马莲河等九条河流穿流而过，林地面积200多万亩，森林覆盖率41.8%，环境优美。

董志塬以董志、彭原为中心地带，土壤为黑垆土和黄绵土，是“陇东粮仓”之一，有“八百里秦川，不如董志塬边”之说，因面积最大、土层最厚、保存最完整，被称为“天下黄土第一塬”。但近年来，由于长期风雨剥蚀，河流冲刷，慢慢地，塬边河谷犬牙交错，塬高谷深，沟壑纵横，形成大大小小的塬、梁、峁、崾岘与坪、川等多级阶状地貌。

县域内风景名胜很多，有罗山府、九龙川、野王川、塔儿庄五代塔、湘乐宋塔、政平唐塔、桂花园森林公园、印象义渠莲花池景区等。

罗山府，在子午岭腹地，占地 23 万亩，东高西低，山川湖泊相间，地形以梁峁、山地、沟壑、川台为主，有五个小水库和一大片林场。罗山府资源丰富，有油松、侧柏、山杨、辽东栎、白桦、紫丁香、黄刺梅、忍冬等 172 种植物，以及金钱豹、金雕、袍鹿、大鸨、黑鹤、鸳鸯、水獭、灵猫、苍鹰、环颈雉等国家一、二级保护动物十多种。

从高空俯瞰，罗山府峰峦叠嶂，全都披上了黛青色的外衣，目光所及，尽是绿色的波涛，连绵不绝，伸至天际。一条蜿蜒而上的盘山公路，如同金色的巨龙，穿行在绿色的海洋中。山顶，有一排排土窑洞；山间，有一汪清澈的涝池。秋日的林场色彩斑斓，墨绿色、金黄色、橙红色、殷红色……漫天彩叶飞舞，像一幅浑然天成的油画，令人心醉。

九龙川，位于宁县东北，因葬有先周豳国的九位帝王而得名。九龙川上建有兴隆寺，寺前沿河两岸广种桃树，蔚然成林。每年三月，春风徐徐，桃花闻信而开，花朵灼灼，深红浅红，满川芳菲，素有“锦川”之称，为宁州一景。如果赶上兴隆寺三月十二日桃花娘娘桃花会的正日，男女老少，群贤毕至，一起赏花看景，其乐融融。

野王川，位于宁县长庆桥镇西北部，蒲河水穿村而过，使野王村呈“S”形分布。野王村傍山依水，站在村头高山崖头山，可一览全村山水之秀美。北部是后河山，好似老龟抬头；南面是鱼儿山，如鲤鱼静卧；东南为老城山，巍然屹立；西面是将军山，雄壮伟岸。相传唐代名将尉迟敬德曾在此屯兵，镇守长安。崖头山自西向东，直伸蒲水之滨，与黄家山隔河相望。野王村有一眼温泉，水温 38.6 ℃，日出水量 4800 立方米，矿物质含量丰富。

桂花园森林公园，位于宁县东部海拔 1000 多米的子午岭上，为黄土丘陵沟壑区，由北边的岳木川和南边的龙池川构成。沟谷内常年有积水，水质

拍摄 · 刘翔

清澈，泉眼众多，小溪随处可见，颇有清幽秀美之韵。油松、侧柏、辽东栎、山杨、白桦和小叶杨等茂密繁盛，遮天蔽日，森林覆盖率达 77.8%，植物资源丰富，是独具特色的天然次生林景区。

印象义渠莲花池景区，围绕义渠文化，以莲花为意象，展现乡村生态旅游美景。景区四面环山，水绕两方，山中有景，人在画里。遥想盛夏时节，莲花池中，岸上景物映衬着粉红花蕊，莲花更显娇艳；如今金秋时分，大片大片的向日葵犹如一张张笑脸，喜迎远方来客。

陇东粮仓——庆阳

庆阳，地处甘肃省东部，黄河中游地区，东接宜君、黄陵、富县、甘泉、志丹等县；北邻定边、吴起、志丹县及宁夏回族自治区盐池县；西与宁夏回族自治区固原市原州区、彭阳县、同心县接壤；南与泾川县及陕西的彬州市、长武、旬邑县相连，被誉为“红色圣地、岐黄故里、农耕之源、能源新都”，素有“陇东粮仓”的美称。

庆阳市东倚子午岭，北靠羊圈山，西接六盘山，东、西、北三面隆起，中南部低缓，故有“盆地”之称。这里高原、沟壑、梁峁、河谷、平川、山峦、斜坡兼有，高原风貌雄浑独特。

庆阳市还是“环江翼龙”和“黄河古象”的故乡，是中国“第一块旧石器”的出土地、中华民族早期农耕文明的发祥地之一、中医药文化的发祥地、中医鼻祖岐伯出生地、《黄帝内经》成书地、革命老区、长庆油田发源地。

庆阳旅游景点众多，主要有：子午岭、夏家沟森林公园、周祖陵、北石窟驿、古豳文化旅游区、双塔寺森林公园、调令关森林公园、潜夫山森林公园、岐黄中医药博物馆、南梁革命纪念馆、山城堡战役遗址、小崆峒、南小河沟等。

子午岭，地跨陕西、甘肃两省，介于泾河与洛河两大水系之间，绵延 400 多公里，为黄土高原上面积最大、植被最好的水源涵养林区，素有“天然水库”的美誉。

从庆阳市合水县五亭子至正宁县刘家店，山势呈南北走向，古人称北为“子”，南为“午”，与本初子午线方向一致，故将这段山岭称为子午岭，后扩大为整个桥山山脉。

子午岭有着优美的高原林海风光，大片大片的黄土高原稀有天然次生林在茁壮生长，松树、柏树、桦树等随处可见，是黄土高原重要的生态公益林。夏家沟森林公园，就位于子午岭森林覆盖面积最广、最原始的地段。

子午岭被誉为黄土高原的天然物种基因库，植物 1000 多种，野生动物 150 多种，国家级保护动物如金钱豹、狍子、灵猫、白鹳、黑鹳、金雕、豺等十多种，甘草、柴胡等中药材 400 多种。

景区内主要有秦直道、玉华宫、打扮梁、二将城等景点。相传，轩辕黄帝部落起源于子午岭和北洛河上游，后雄踞中原，而今轩辕黄帝冢、黄帝陵分列子午岭两侧。秦汉时，子午岭的岭脊上建有秦直道，是黄土高原上的南北交通要道，而今千年过去了，遗迹仍在。

调令关森林公园，地处子午岭南端腹地，是正宁县最具特色的自然风景区，总面积 9300 公顷，森林覆盖率 80.3%。公园由调令关、中湾、高凤坡、西牛庄四大景区组成，有秦直道、黄帝冢、调令关、蒙恬庙等历史遗迹。登上观景台远眺，子午岭上红叶漫天。茂密的林子里，松涛阵阵，溪流潺潺，在大口呼吸新鲜氧气的同时，也能荡涤尘世浊气。调令关融合自然景观与人文景观，集游览、探险、科普、度假等多功能于一体。

潜夫山森林公园，位于庆阳市镇原县城正北，已有 1800 多年的历史，海拔 1500 多米，因东汉末年著名思想家、哲学家、政论家王符在此著书《潜夫论》而得名。

在茹河水的冲刷下，潜夫山形成了高原与河川相接的沟壑地貌。站在山脚往上看，潜夫山巍峨高耸，如在云端一样，登临到山顶，才发现山上还有山，沿着缓坡继续前行，不久便会看到一马平川，这就是与众不同的似山却无峰的潜夫山。山上现存王符著书之余亲手栽植的古柏百余棵，以及国槐等植物，苍翠挺拔，景色宜人。潜夫山成为镇原最具代表性的旅游景点，到镇原旅游不到潜夫山，就等于没来过镇原。

董志塬乡东边，是小崆峒，在庆阳市西峰区。小崆峒三面环沟，北接大塬，山势蜿蜒，坡道险峻，山脚下有甘甜的山泉，山腰上有繁茂的植被，是黄土生态“天然标本园”，还有独特的黄土喀斯特地貌。每年农历三月三，杏花漫山遍野，争相怒放，花香随风飘至数里，“崆峒飞雪招人醉，花容水意留香客”。

南小河沟，位于董志塬西边，距庆阳西峰城区十公里，被誉为“镶嵌在黄土高原的一块翡翠”。南小河沟是黄土高原水土保持的试验地，经过 50 多年的治理,抑制了水土流失,保住了董志塬,如今当地遍布大大小小的水库、池塘、水窖等，还有七个大型果园。春天桃花、杏花争相斗艳，冬日里苍松、翠柏傲然挺拔。

中国皮影之乡——环县

动车组继续西行，在黄土地与黄土坡、黄土梁（峁）之间，“复兴号”仿佛是一只展开翅翼的大鸟，它卷起的漩涡一会儿紧贴皇天后土，一会儿又像是出岫的白云，在老旧的窑洞和锃亮的瓦房之间，在高大挺拔的白杨树和果实累累的苹果园之间，在或游走或停留的行人和成群结队的牛羊之间……是新与旧的融合，是动与静的交加。

环江、柔远河紧紧环绕着庆城倏忽而过。那与庆城相伴千年的马莲河似乎瘦成了一条细线，越过合道川汇入环江。越过最南端的曲子站，“中国皮影之乡”环县到了。

环县站，距离城区八公里。

环县，地处毛乌素沙漠和黄土高原的交界处，地貌分为山脉岭梁、丘陵掌区、川道沟台和零碎残塬四类，一道道山梁，一条条沟壑，高低交错，连绵起伏，造就了无与伦比的美景。

环县古称环州，据《西山文昌阁题记》记载："其地川原广布，梁峁纵横，群山逶迤，黄土漫漫，远入平沙，雄浑苍茫。萧关古道，北通银夏；环庆形胜，南控关陇。长城堡寨，关隘烽燧，历历在目。民风淳厚，素习畜牧耕战，为汉上六郡之北地、宋时四路之环庆、明代九边之延绥。"

环县旅游资源丰富，著名的有河连湾陕甘宁省委、省政府旧址纪念馆、山城堡战役遗址、灵武台公园、兴隆山、河连湾等。

环县自然景观以兴隆山为最。兴隆山，又名东老爷山，位于环县四合原乡，海拔 1700 多米，是道教名山，因地处陕、甘、宁三省区交界，故也有"鸡鸣听三省"之说。山中梁峁交错，沟壑纵横，山南有两道山梁，似游龙蜿蜒直上，从东西方相向而遇，两道山梁的顶部分别是东峰魁星峁和西峰玉皇山，对称列于主峰脚下，天造地设，人称"二龙戏珠"。

这里是轩辕黄帝升天、周太子降生、关老爷显灵、道士成仙的传说地，更是红军长征的足迹地。

山中遍植苍松翠柏，一年四季，常青不败，因气候温暖湿润，草木繁盛，游人络绎不绝。

河连湾，位于环县洪德乡。这里山川河谷纵横交错，地势险要，自古乃兵家常争之地。金秋时节，正是黄土高原最美的时候，河连湾畔，糜子熟了，庄稼地里一片金黄，斑驳的黄土上，已是草木凋落，一派西北高原特有的风情画卷，引人入胜。

‖ 塞上江南——宁夏 ‖

在宁夏回族自治区内，银西高铁自东向西设有惠安堡、吴忠、灵武北、河东机场、银川东、银川等站，犹如一把“金钥匙”，打开了“塞上江南”高铁路网的大门，串联起了宁夏重要景点，成为游客日常打卡的旅游线路。

黄河明珠，魅力吴忠

动车组逶迤向北，在“宁夏门户，迎宾之门”的惠安堡站稍作停留，就到了吴忠站。

惠安堡站位于吴忠市盐池县惠安堡镇，是银西高铁返回宁夏的第一个客运站。惠安堡镇，地处鄂尔多斯台地向黄土高原的过渡段，地势东南高，西北低，南部为黄土丘陵，北部多沙丘、碱滩地，再向前就是黄沙漫天的毛乌苏沙漠，随着近年来沙化治理的力度加大，再加上盐湖阻隔，沙漠就此止步。惠安堡的植被相当丰富，沟壑里长满了红柳、米蒿、芨芨草、甘草、沙蒿等。旅游资源有惠安堡古城，老盐池城堡，西破城、北破城遗址等。

吴忠站距吴忠市区只有一公里多路程。吴忠，地处宁夏平原腹地，北接银川，南依甘肃庆阳，东靠陕西榆林，西接内蒙古阿拉善盟，是著名的丝绸重镇、天下粮仓。内有包兰、宝中等多条铁路，京藏、福银等五条高速公路，随着银西高铁的开通，吴忠迎来了高铁时代。主要旅游资源有青铜峡黄河大峡谷、哈巴湖生态景区、罗山国家级自然保护区等景点。

黄河流经吴忠 60 多公里，两岸渠道纵横、沃野千里，不仅有大江东去的雄壮豪迈，也可见碧波荡漾的清丽秀美。

青铜峡黄河大峡谷素有“黄河小三峡”之称，是黄河上游最后一道峡谷。景区内的黄河两岸，有众多景点，让人目不暇接，拦河大坝、宁夏水利博览馆、一百零八塔、大禹文化园、十里长峡、鸟岛、牛首山西寺、中华黄河坛等依次排列，让人感受到深厚的黄河文化、西夏文化以及回族文化。

乘船逆流而上，青铜峡拦河大坝正波涛翻涌，气势磅礴，水声数里之

拍摄·刘 翔

外也清晰可闻。再向前，水流湍急，西面可见睡佛山，宛如一尊仰面而睡的大佛，形态逼真，在霞光映照下，如同仙境。等船驶出青铜峡口，眼前豁然开朗，一望无际。

海拔 1781 米的牛首山，位于吴忠市青铜峡市峡口镇，因其主峰小西天（文华峰）和大西天（武英峰）南北对峙，状如牛首，故此得名。牛首山共有寺庙 44 座，是西北地区最大的寺庙群，每年三月十五庙会，观光旅游的人络绎不绝。蓝天白云下，牛首山上峰峦叠翠、峭壁嶙峋，沟壑内花红柳

绿，庙宇错落其中。鸟岛与牛首山相连，在碧波间，鸟儿们正自由地展翅飞，一派塞上江南风光。

“南有都江堰，北有青铜峡。”黄河上游于1958年开始兴建的青铜峡水利枢纽工程,结束了宁夏两千多年来无坝引水的历史。青铜峡还汇集了秦渠、汉渠、唐徕渠等黄河九大干渠之首，利用黄河资源灌溉农田，春天时，雪水融化，杨柳青青，桃花盛开，呈现出“三月雪水桃花泛，二月和风柳眼舒”的美景，也助推了宁夏工农业经济的发展，成就了“天下黄河富宁夏，塞上江南宁夏川”的美名。

哈巴湖生态景区,是荒漠之上的草原,堪称“沙漠明珠”,位于陕西、甘肃、宁夏、内蒙古四省区的交界处。滚滚黄沙连绵起伏，形成茫茫无尽的沙海，哈巴湖本处于盐池中部最大的流沙带源头，毗邻方圆50平方公里连绵不断的大沙漠。近年来经过沙化治理，大沙漠已变成绿洲，成片沙柳随风翻涌绿浪，一簇簇旱柳林婆娑起舞，还有罕见的天然乌柳林和杨柴林，构成了独特的风景线。面积16万公顷的哈巴湖，大小湖泊点缀其间，湿地纵横，有上百种脊椎动物和濒危野生植物，中草药资源极为丰富，是国家级自然保护区。景区内文物古迹众多，有细石器文化遗址、明朝烽火台遗址等历史遗迹，是人们消夏避暑、休闲度假、科考探险的理想之地。

秋天的哈巴湖景色极为迷人，苍穹大漠，漫山黄透，徜徉在金色的世界里，骑马、狩猎、露营、滑草、冲浪……如紫色地毯般铺展的薰衣草，正连天怒放着，目之所及，皆是美的画卷。哈巴湖水孕育的不屈生命——胡杨已褪去青葱翠色，身着金黄色的盛装，迎接生命的绽放。从盈盈一握的细枝，到合手环抱的老干，旁逸斜出，姿态万千,五彩缤纷的叶子在阳光下、秋风中舞蹈，一眼望去，就是一幅无法临摹的油画。夜晚的哈巴湖，还是观星的绝佳之地，浩瀚宁静的夜空，点点繁星如钻石般闪闪发光，熠熠生辉，给人留下难忘的体验。

罗山国家级自然保护区，地处吴忠中部，山色秀丽，流水清澈，山峦之上，草木青翠。保护区内有青海云杉、油松等典型森林植物，以及金雕等珍稀野生动物，丰富的自然资源有效涵养了水源，阻止了毛乌素沙漠入侵，成为宁夏中部的绿色生态屏障，罗山也被当地人亲切地称为“母亲山”。罗山自然保护区总面积约 33710 公顷，主峰“好汉圪瘩”海拔 2624.5 米，是宁夏中部的最高峰。站在山峰上，放眼望去，深深浅浅的绿色、黄色覆盖群山，罗山“荒漠翡翠”的美名果不虚传。

雄浑的大漠风光、美丽的塞上江南、古老的黄河文明、神秘的西夏文化、浓郁的回乡风情，造就了吴忠这样一个多文化交融地，一座新型的滨河生态城。吴忠，已成为吸引中外游客的旅游胜地。

中国史前考古发祥地——灵武

灵武北站距市区约五公里，建筑风格源于灵武古文化，水沟洞遗址的石器文化、清水营古城的厚重辽阔，以及古长城遗址所呈现出的“之字”形形态。2019 年 12 月，银兰高铁银川至中卫段建成通车，灵武北站开始投入运营。

《汉书》上记载:“此地在河之洲,随水高下,未尝沦没,故号灵洲。”灵洲，就是灵武，“游牧之所、骑射之地”。

灵武，是国家级宁东能源化工基地、国家城市矿产示范基地、“中国灵武长枣之乡”，是宁夏回族自治区工业发展的重要城市。

驼铃声声，车马哒哒。从三万多年前的旧石器时代起，这片毛乌素沙漠边缘的神奇土地上，就有人类繁衍生息。灵武，是史前文明、黄河文明的发源地，集游牧文化、农耕文化、大漠文化、回族文化于一身。

不到黄河，怎知长河落日圆？不到沙漠，怎知大漠沙如雪？大美灵武，有着丰富多彩的旅游资源：水洞沟旅游区、白芨滩国家级自然保护区、马鞍山、长流水生态旅游区、大海子沙漠生态旅游区、世界枣树博览园……如一颗颗珍珠镶嵌在灵武大地上。

水洞沟旅游区，水草丰美，芦花摇曳，位于灵武市临河镇，地处银川河东旅游带的核心地带和鄂尔多斯台地南缘，是典型的鄂尔多斯台地雅丹地貌。千万年前先民们曾在此逐水而居，刀耕火种，留下了大量旧石器时代的生活印记，因此这里也成了中国最早发掘的旧石器时代的古人类文化遗址，被誉为“中国史前考古的发祥地”，2023 年 11 月 10 日，入选宁夏十大考古发现。目前，水洞沟已成为国家 5A 级旅游景区，2006 年荣获由环球游报社、全国 31 家都市类报纸联合主办的“中国最值得外国人去的 50 个地方”评选活动银奖。

水洞沟旅游景区内，景点众多，各有特色，自然风光尤为瑰丽，主要由大峡谷、红山湖、鸳鸯湖等景点。

水洞沟大峡谷，是浑然天成的大冲沟，典型的风蚀雅丹地貌，有十多米深，约四公里长。在千万年的狂风雕蚀、大雨冲刷之下，深厚的黄土地变得沟壑纵横、峭壁耸立，各种高大的土柱、土台巍然而又突兀地壁立，大自然鬼斧神工的雕琢，使它呈现出千奇百怪的造型，由此形成了雄浑、奇特的“土林”景观。在这荒凉的峡谷内，时而地段开阔，远处景色可一览无余；时而狭窄险峻，眼前时有土柱、曲径需绕行。裸露的黄土上，有梭梭树、沙柳、红柳等顽强地生长着，抵抗着风雨的侵蚀。

在大峡谷的上方，明朝时修筑的古长城巍然屹立，而后逶迤东去；峡谷西南段的崖壁上，则是旧石器时代的古人类遗址，曾掩埋在厚厚的黄土之下，而后经过冲刷形成沟壑，裸露而出被发现；峡谷中段，古清水河流过，造就了苇荡、湖泊、湿地、滩涂构成的江南风光；峡谷的东段，崖壁如刀削斧劈般高高耸立着，悬崖峭壁之上一个个的藏兵洞吸引着每一个游客的目光。大峡谷以其独特的地理优势，与明长城、品字坑、湖泊、地下藏兵洞、红山堡共同构成了世界罕见的古代立体军事防御体系。

乘坐骆驼车，晃晃悠悠地经过一片红柳滩，欣赏着风蚀景观，倾听着黄土高原民歌，再换乘驴车，行过一大片芦苇荡，看秋日里芦花纷纷扬扬，摇曳生姿，秋风吹来，花絮飘飞如雪。

穿过这段约三公里的芦花谷，就会看到一处绝美的水边断崖风光，湖

面上碧波万顷，对岸有峡谷断崖，秀美而又壮美，令人惊叹，这就是水洞沟旅游区面积最大的一个天然湖泊——红山湖。红山湖的水域面积约为 1.8 平方公里，由多年来沟谷中汇集的雨水蓄积而成，在雨水充沛期，湖面可于峡谷中向东延伸约两公里。在这片湖泊中，时不时有野鸭、鸳鸯等鸟儿欢快地游弋来去，抬眼望向对岸，还可看到依山傍水、就地取材而建的明长城。红山湖身处荒芜的雅丹地貌、土林景观中，却有如此绿洲美景，实属大自然给予人类的恩赐。

鸳鸯湖，由两个湖泊组成。在茫茫毛乌素沙漠腹地，这样清澈的湖泊弥足珍贵。秋季，碧波荡漾的湖面上，随处可见轻盈摇曳的芦苇，或三三两两散布湖面，或一大丛一大丛围成小岛，高高低低，错落有致。金黄色的芦苇根部，顶着白色的芦苇花，是野鸟们觅食、栖息的理想之地。传说，鸳鸯湖原为太平湖，因为一段美丽动人的爱情故事而更名。富家女刘香兰与穷小伙王七相爱，却不被家人所容，最后殉情于湖底，后化为鸳鸯，长相厮守，双宿双飞。

湛蓝天幕下，淡云、轻风、碧水、断崖……一池湖水，映照一湖秋色。秋天的暖阳下，水洞沟显得苍茫而又古朴，静静地矗立在这片雅丹地貌上，带给人们来自遥远历史的遐想，又给西北大地增添着无穷的盎然生机。在她的怀抱里，蒿蒿草正随着秋风秋雨遍地生长，登上明古长城，感受着脚跨内宁两自治区的美妙，耳边仿佛又回响起吹角连营、战马嘶鸣……

从茫茫沙漠到一片绿洲，从寸草不生到鸟语花香，白芨滩国家级自然保护区，是人类治沙史上的奇迹，是治沙英雄王有德曾辛勤劳作过的地方。

白芨滩国家级自然保护区处于毛乌素沙漠的西南边缘，总面积为 74843 公顷，是灵武市总面积的 1/4，对阻止毛乌素沙漠向西南扩张，防止泥沙侵入黄河，保护宁夏生态环境起到重要作用。灵武市东部 80% 以上的土地曾被沙漠包围，生活在这里的人们，曾饱受风沙侵害。1953 年，开始防沙治沙工作，以草方格和“五位一体”沙漠综合治理模式筑起了一道绿色屏障。

保护区内分布有干旱沙地、荒漠草原和流动沙丘，荒漠野生动植物资源丰富，典型植被如柠条、花棒、沙冬青、沙芦苇、沙柳，药用植物甘草、草麻黄、银柴胡、沙芥、直立黄芪、苦豆子、文冠果、大黄、沙苁蓉等，以及 115 种动物，主要保护全国最大的天然柠条灌木林地 1.67 万公顷，猫头刺近 2 万公顷。

白芨滩国家沙漠公园，有大泉、马鞍山、长流水、大海子等四个景区，集沙滩、浴场、丛林、星空一体，全国防沙治沙展览馆、阅松园、姑娘湾、熏香园、含味香广场、沙漠运动场、沙漠垂钓乐园、沙漠汽车越野比赛营地、木屋营地等景点分列其中。

夜晚，在毛乌素沙漠边缘，看高高天穹上繁星点点，是难得的体验。

每年五月，柠条子绽开了淡黄色的花蕊，娇羞地挂在枝头，绿叶黄花，清丽可人。作为一种矮小的灌木，柠条子生长于沙丘、坡地，防风固沙，还可以清热解毒。当柠条子露出红色的种子时，红柳、沙蒿、花棒等也正在沙漠上不停地繁衍，它们向下不断长出不定根，向上长出鲜嫩的枝条，根上生根，枝上抽枝，风沙越大，生长越猛，从而牢牢地把沙子固定住。

马鞍山，因山体的形状酷似马鞍而得名，位于灵武市北部临河村。山上建有甘露寺，相传该寺始建于盛唐时期，重修于宋代。马鞍山紧邻黄河，东接陕西，北近内蒙古。站在山顶的甘露寺，往四下里眺望，居高临下，视野极为开阔。远处群山连绵不断，茫茫然无涯际；山脚下，片片绿洲点缀着滚滚黄河，风光无限。

“雄阁飞来峭壁留，层峦高处最清幽。”在山势险峻的马鞍山顶北端，建有菩萨顶，重檐歇山，斗拱大柱，是一座密檐歇山顶式三层建筑，暮鼓晨钟，梵音袅袅，更为马鞍山增添了一份庄严祥和之气。

长流水生态旅游区，位于灵武市白土岗乡，地处毛乌素沙漠边缘，已有上百年的历史。长流水的源头是沙山脚下、细草根处、石缝隙中渗出的三股清泉，汇成涓涓细流，依着长 12 公里、深 50 米的峡谷河床地势，日夜欢快地一路奔流。泉水飞珠溅玉，汇流成河，河随山势成瀑，瀑落而成湖，滋润了这儿的草木万物，成就了青山绿水、满眼生机。这一方水畅流不断，永不干涸，长流水因此得名。

赤脚漫步在长流水大峡谷，踩着细沙、石粒、青草，在富含矿物质和中草药的水中，感受足底舒服的按摩。水和沙子都极其纯净，清晰可见小蝌蚪、彩色鲫鱼游来游去。长流水大峡谷曾经也是漫漫黄沙，沙包连绵，行人无法通行，只稀疏地生长着一些野蒿草。后来，治沙时巧妙利用地势，修建输水暗管的竖井，引水到山脚坡地，栽下一棵棵树苗，不到几年时间就筑起了一道防风固沙的绿色长城。现如今，大片的瓜果蔬菜，满山遍野的野生苦苦菜、沙棘，展翅翱翔的鸟儿，还有欢快蹦跳的野兔、山鸡、狐狸、獾等，都在长流水景区和谐共生着。

蛇尾瀑布，形如长蛇，声如响尾蛇穿行时的声音，垂直落差 16 米，是长流水三大瀑布中落差最大的，拐九曲十八弯，弯弯不一般。

山与湖之间，青龙与白龙被巨石分隔左右，口中吐水时，水花飞溅在石壁上，珠玉四溅，这是蔚为壮观的双龙瀑布。

三大瀑布中最宽的虎口瀑布，很远就能听到水声潺潺，感受到空气中的星星雨点。这条幅宽 21 米、形似老虎口的瀑布，日夜不停地呈散状迸射，展现着沙漠瀑布特有的强劲伟力。到了冬天，随着天气慢慢转冷，不断流出的水会被一点一滴冰冻，瀑布就此凝固、定格，新的流水又涌来，瀑布越冻越长，元旦前后便成了罕见的巨大冰瀑奇观。远远望去，重峦叠嶂之中，冰瀑晶莹剔透，这是任何冰雕大师都无法创造的作品，是毛乌素沙漠特有的镇山宝玉。每年都有很多游客慕名前来，只为一睹宝玉真颜。

除了三个各具特色的瀑布之外，这个生态旅游区还有两湖。其中镜湖三面环山，一面临坝，是少见的沙山环抱的山中湖。冬季湖面冰封光洁，犹如一面大镜子。十五月圆之夜，镜湖受周围沙山的折射、反射，湖中会映照出一串串月亮，很美的湖光月色！空气清新，水面开阔，镜湖是垂钓、游泳、泛舟的好去处。由于太阳蒸发、地下渗漏，镜湖水位不定，颜色随四季变化，不论何时来，都有不一样的美景。

在长流水景区的桑杏园中，有几棵桑树，沙漠如此恶劣的环境下，桑树在沙中深深扎根，努力地吸收养分，顽强生长着。到了六月，桑树、杏树枝繁叶茂，桑果黑里透红，杏子金黄如灿。枝头果实累累，果香沁人心脾，成为景区的一抹亮色。桑杏园是游客的歇息地，大家在树下打盹、野餐、唱歌、跳舞、玩游戏……

长流水景区还生长着大片野桃树，这就是桃林湾。春天里，桃花朵朵开放，仲夏时分，桃香弥漫开来，青草翠绿鲜嫩，苦苦菜、沙葱漫山遍野，一簇簇芥芥草、马莲共同装点山河。

不远处的黄褐色山体上，清晰可见一只鳄鱼静卧，头眼口鼻、鱼鳞、鱼爪、鱼尾俱全，体长 88 米。这块化石是毛乌素沙漠曾经为茂密森林并有湖泊的有力佐证。

乱石岗上，怪石嶙峋。长流水大峡谷曾是古丝绸之路，驼队马帮、商贩货郎进出的必经之地。摸着石头过河，踩着石头跳跃，一路走来，可以悉数多姿多彩的沉积岩、虎头岩、页岩、叠岩，惊叹大自然于岩层间刀劈斧削的神功。

“大漠孤烟直，长河落日圆。”赏了大漠风光之后，怎能不滑沙？长流水景区中，有好几处滑沙场，在上百年狂风洗礼下，滑沙场极其顺滑、流畅，游客们享受着刺激的体验，陌生而有趣！坐上骆驼或越野车，感受风在耳边呼啸而过，眼前皆为黄色，沙景无边无际。都说沙漠中行路难，难于上青天，一场大风过后，眼前的道路、车辙全都变成漫漫黄沙，西北粗犷风情可见一斑！在长流水，看水、观瀑、踩沙、赏石……大自然的鬼斧神工和造物主的神奇造化，令人沉醉！

大海子沙漠生态旅游区，在灵武市东山下白路附近。深蓝色的天幕下，金黄色沙漠的怀抱中，有一汪湛蓝湛蓝的湖水，好像是黄色皮肤上长出的一只蓝眼睛。这种浩瀚与野性、苍茫而荒凉的美，只有身处当地，亲眼所见，才能感受到。

漫步大海子沙漠，欣赏壮美大漠风光，再来一场篝火晚会，体验沙漠

游玩项目，真是十分有趣！在这四万亩的沙漠之上，黄沙漫天，有着全国专业的沙漠汽车赛道，吸引了来自各地的汽车、摩托车爱好者，每年这里都会举办全国汽车越野赛。

在灵武市城区，还有世界枣树博览园，占地约一千亩，种植有灵武长枣，以及从山东、河南、河北、陕西、甘肃等地引进的知名枣树品种，金丝小枣、赞皇金丝大枣……各种各样的枣树让大家大饱眼福。中国枣树品种超过700种，占世界的98%，而世界枣树博览园内就有326种枣树。园内还有上万棵百年古树。

每年六月前后，枣树深绿色的叶子中央，便会滋生出小米粒般或嫩黄色，或白色的花苞，迎风绽放，散发出甜甜的香味，引来成千上万只蜜蜂嗡嗡地飞舞，等到果实成熟，更是颗颗如红玛瑙般，十分诱人。

塞上江南，鱼米之乡——银川

从坦荡如砥的关中平原，到千沟万壑的黄土高坡，再到水草丰美的银川平原，银西高铁串起了平原、高山、黄河、沙海、戈壁、草原、森林、湖泊、湿地等自然景观，终于驶入此行的终点站——银川。

银川，地处我国西北地区，银川平原中部，东邻鄂尔多斯，西依贺兰山，黄河从城东流过，是古丝绸之路上的商贸重镇，也是新亚欧大陆桥经济走廊的核心城市。作为宁夏回族自治区的首府、塞上古城、西夏都城，银川还有“凤凰城”“兴庆府”“宁夏城”等别名，素被誉为“塞上江南、鱼米之乡”。

闲说连湖七十二，沧波深处聚鱼多。银川湿地众多，有“七十二连湖”之说，是著名的国际湿地城市，鸣翠湖、阅海、鹤泉湖、宝湖、西湖等多处湿地公园散落其中，大小自然湖泊近200处。此外，湿地动植物资源也很丰富，植物有190多种，野生动物有150多种。其他自然风光有贺兰山苏峪口森林公园、滚钟口风景区、金水园等。

鸣翠湖国家湿地公园，位于银川市兴庆区掌政镇，东临黄河，是西部地区黄河流域第一家国家湿地公园，“中国最美的六大湿地公园”和“中国生态保护最佳湿地”之一。

波光潋滟，百鸟齐鸣，人与自然和谐共生。占地上万亩的鸣翠湖分为南北两湖，沼泽、湖水、芦苇有机结合，湖面开阔，湖底平坦，因常有鸟鸣其中，故而得名。清澈透亮的湖水，既有塞北的壮美与浩渺，又有江南的氤氲和秀丽，滋养着这一方土地上的千万生灵。

清晨，当太阳光映照湖面，淙淙流水声中，鸟儿们开始边梳洗、觅食，边发出清脆的鸣叫声。97 种鸟类在此繁衍栖息，鸣翠湖成为人们的观鸟圣地，之外黑鹳、中华秋沙鸭、白尾海雕、大鸨、大天鹅、小天鹅、鸳鸯、苍鹭等随处可见。湖边沼泽地里，芦苇、蒲草和香蒲组成的蜿蜒水道上，曲径通幽，小鱼小虾不计其数，鸟儿们争相觅食。

皓月当空的夜晚，鸟儿们早已安睡，湖中传出一片蛙鸣，皎白的月光穿过芦苇，满天星斗洒落在宁静湖面上，发出星星点点的光芒，宛如童话世界。

湖岛之上，水车不知疲倦地缓缓转动着，浇灌春日里黄河岸边的美丽田园。夏天，500 亩荷叶田田，“接天莲叶无穷碧，映日荷花别样红”；秋日里，金黄色的芦苇绽放出飘飞的白絮，随风摇曳，湖天相接中，晚霞映红的绚丽一线里，正上演芦花追日的奇观！冬季到来，鸣翠湖水随严寒化为洁白的世界，以纯净无瑕的姿态继续守护这一片天地。

西依贺兰山、东临黄河水，阅海国家湿地公园位于银川市金凤区的城市中央，是数十万只候鸟的天堂。每年有 113 种鸟类远渡重洋，迁徙到此，“生儿育女”，这里是“东亚—澳大利亚和中亚—印度”鸟类迁徙路线的重叠区。国家一级保护动物黑鹳、中华秋沙鸭、大鸨、小鸨，国家二级保护动物大天鹅、小天鹅、鸳鸯等，都是这里的常客。

阅海国家湿地公园总面积近 2667 公顷，是银川市面积最大、原始地貌保存最完整的湿地，水域开阔，润泽空气，净化碧水，强大的生态环境保护功能使它被称为“银川之肾”“城市绿肺”。

在阅海国家湿地公园，看千顷蒲苇吐翠，观万亩荷花争艳。200 多种动植物组成的生态画卷中，让你的耳畔响起的是微风、鸟鸣，远离俗世的嘈杂、喧嚣，置身于世外桃源之中。

站在银川市往西北方向眺望，便会看到一大片雄浑巍峨的山脉，这就是著名的贺兰山。贺兰山南北长 220 多公里，东西约 30 公里，这道天然屏障阻挡了西北地区的高寒气流，也挡住了腾格里沙漠向东扩张，和黄河共同造就了“塞上江南”宁夏平原，成为我国重要的自然地理分界线，是河流外流区与内流区的分水岭，也是季风气候和非季风气候、草原与荒漠的分界线。

贺兰山还是游牧文化与农耕文化的汇聚地，“贺兰”一词出自突厥语的“马”，由于山势雄伟，树木青白，望之如青白色的骏马奔腾，故而得名。

贺兰山山势险峻，怪石嶙峋，但也不乏秀美景致。流水潺潺，松涛阵阵，春来百花竞相吐艳，秋到硕果挂满枝头。山顶云雾一年四季变化无穷，气象万千。伫立于主峰东眺，宁夏平原尽收眼底；极目俯瞰，草原景色一览无余。

随着生态环境治理力度的加强，关停矿场，恢复植被，涵养水源等，贺兰山变得更加秀丽迷人，海拔 3556 米的主峰敖包圪垯附近，树木郁郁葱葱，遮天蔽日，绵延 211 公里，一半以上的植物是云杉，对宁夏平原、河套平原，西北甚至华北的生态资源都起到了重要的保护作用。

贺兰山上有许多古迹，如贺兰山岩画。在一块块石头上，古人刻下符号、人物、动物等各种图案，记录他们日常生活中打猎、交易、出行等场景，穿越历史的滚滚风尘，与我们今人进行对话。其中最有代表性的岩画是太阳神。

贺兰山有多个谷口，是东西方向的交通要道，如贺兰口、苏峪口、三关口和拜寺口等，其中苏峪口国家森林公园，是镶嵌在贺兰山中的一块翡翠。它是国家 4A 级旅游景区，北连沙湖，东接镇北堡西部影城，南望西夏陵，是我国距离省会城市最近的国家级森林公园。

走进苏峪口国家森林公园，就仿佛走进一幅绿色泼染的山水画卷中，油松、杜松、云杉等天然林木高耸入云，一望无际；樱桃吐红、丁香挂紫、蒙古扁桃披粉，珍稀灌木遍布沟壑；云海层层叠叠，变化无穷，令人惊叹。晴日，烈阳当空，群峰碧透；雨天则烟遮雾绕，山色空蒙，游人见此美景，往往流连忘返，有飘飘然如入仙境之感。

在占地 9587 公顷的土地上，苏峪口国家森林公园由樱桃谷、松涛山庄、青松岭、灵光等近百个景点组成，植被覆盖率达 70%，野生动植物资源 898 种，主要有赤狐、石鸡、狗獾、秃鹫、马麝、盘羊、黑鹳、大鸨等。独特

拍摄・曹文福

的 200 毫米等降水量线，更让这里成为世界上岩羊分布密度最高的地区之一，每平方公里高达 17.6 只。

核心景区樱桃谷，因长满樱桃、山杏而得名。早春时节，桃花朵朵，姹紫嫣红；盛夏时分，绿荫蔽日，百兽欢腾；金秋季节，红果累累，香甜诱人；寒冬腊月，冰天雪地，天地一白。

步入景区深处的青松岭，处于茫茫林海中，身边是断壁悬崖，飞来石、

一线天、双狮峰，展现了大自然的鬼斧神工；眼前是莽莽林海，郁郁葱葱，无边无际；远处，山峰之巅白雪皑皑，景色美不胜收，此情此景，不免让人心旷神怡。

冬天，当北风凛冽、滴水成冰之时，成百上千的滑雪爱好者还会齐聚苏峪口，享受冰天雪地里尽情驰骋的美好时光。

从松涛山庄徒步前行，就到了贺兰山规模最大的风景区——“贺兰山阙”。它将苏峪口老景区与山阙景区连通，几乎涵盖了贺兰山最养眼的景点。游客们沿着西北海拔最高、长度最长、落差最大的岩壁栈道，便能登上贺兰金顶。

走过垂直落差一千余米的栈道，再登上海拔近三千米的贺兰金顶鱼头峰，站在山峰上环顾四周，贺兰山的高险奇峻不由得让人惊叹，东眺银川城尽收眼底，西望阿拉善和左旗城一览无余。贺兰金顶，也是宁夏第一个高山星空观测点。

“贺兰山阙”面积1129公顷，东起三清观，西至灵光金鼎，南北两侧以山脊线为界。宗教文化、炎黄文化、西夏文化遗迹星罗棋布。四尊明初摩崖大佛端庄慈祥，栩栩如生，展示了石刻浅浮雕的高超技艺；三清观、灵光寺、灵光塔等，再现了佛教、道教文化的源远流长。景区内唯一通往鱼头峰的道路，是宁夏迄今保存最完整的明清时期宁夏与内蒙古的商贸要道——银巴古道，如今在古道两侧依然能看到石头遗址，让人回想起那段商人巨贾相望于道的流金岁月。

另一处美景是贺兰山上面积最大的高山草甸——分水岭，也是宁夏与内蒙古的交界处。草甸厚达半米，绿茵如毯，白云在头顶漫卷，马儿在悠闲地吃草，视野所到之处，无不被绿色所覆盖。

站在贺兰山上，向东望去，会看见一座三面环山的山体，唯有东面敞开，形似一口大钟，中间又有一座孤立的小山，好似钟内悬挂着的钟锤，这就是贺兰山胜境之一的滚钟口。

来到景区入口处，几棵苍劲葱茏的古槐和生机勃勃的松柏好似在欢迎游人。沿着山道漫步，洋槐、翠柏、白杨郁郁葱葱，满山满谷；沟间坡地上，鲜嫩欲滴的红山果和红酸枣随处可见；山涧里，一股清泉在潺潺地欢快流淌。登临山顶“望海亭”，极目远眺，峰峦起伏，山川纵横；沃野千里，天地一色，还可观赏到“贺兰佛光”“日出笔架”“月光别钟铃”“石嶂穿白云”等自然景观。

“岩际云开青益显，峰头寒重白难融。”在景区西边的青羊溜，六月骄阳晴空下，山顶上竟被皑皑白雪覆盖，这就是古宁夏八景之首的“贺兰晴雪”。在景区北部蜿蜒曲折的深沟内，还有“狮吼”“卧虎”“顽猴”“仙人指路”“青羊跳涧”等奇石林立，这就是“大寺沟”。顺沟向西而下，山势开阔，泉水叮咚，沟间有“西爽亭”巨石，是舒服幽静的休息之地。

滚钟口是典型的花岗岩风蚀地貌，代表景点“笔架山”三峰峭立，浑如笔架；滚钟口又是西夏王陵风景名胜区的重要组成部分，被联合国人居环境发展促进会等组织联合评为“中国最具民族特色旅游目的地”。

滚滚黄河，万里奔腾，在宁夏平原穿流而过，绵延397公里，沿途留下了诸多渡口，黄沙古渡就是其中之一。它是明清时期最负盛名的黄河古渡，位于银川市兴庆区月牙湖乡，居于黄河东岸。如今在这里，建起了总面积达55.3平方公里的国家4A级旅游景区——黄沙古渡原生态旅游区，由沙漠野生动植物观赏区、黄河湿地公园、黄河古渡、月牙湖等组成，距银川市仅28公里车程。景区内还有中国原生藏獒展示基地、宁夏民俗文化博物馆、宁夏沙漠野生动物救助中心等。

在黄沙古渡，可以近观浩瀚无垠的黄沙，也可以远眺一望无际的绿野。滔滔黄河水，从身边奔腾而过；在黄沙古渡，也可以亲临康熙大帝渡黄河的古渡口，欣赏昭君出塞和亲时留在大漠的月牙湖！黄河古渡，金色与绿色相依，豪迈与柔情并存，将大漠、湿地、九曲黄河、沃野千里拥入怀中。

在沙漠野生动植物观赏区，或乘坐越野车，在沙海里冲浪，体验惊险、刺激；或信步而去，与灰狐、刺猬、沙蜥等动物亲密接触。漫天黄沙之中，连绵沙丘之上，粉嫩美艳的“沙漠娇娘”花棒，“沙漠桂花”沙枣树，伟岸挺拔的新疆杨，随风摇动的沙米、虫实、沙蒿、沙柳等沙生植物，已筑成一道蔚为壮观的绿色长城，守护着黄沙古渡。

黄河湿地公园，主要为恢复、保护黄河河流及黄河湿地，恢复月牙湖湖泊湿地生态系统，治理湿地周边环境，保护生态多样性。随风飘荡的蒲草、芦苇中，黑鹳、白琵鹭、天鹅、鸬鹚、黑水鸡、蒙古银鸥等40多种野生鸟类聚焦，成为鸟儿的天堂，也是东亚—澳大利亚鸟类迁徙之地。在公园内乘龙舟，欣赏碧波之上，万鸟争鸣，墨绿湿地里，芦花飞雪，这是何等美妙！

黄河古渡，自西夏年间就已存在，历经近千年，是沟通宁夏与黄河沿线的交通要道，是商人、使节的必经之路。明朝时在此兴建宁河台，并派兵驻守。清朝康熙皇帝在西征噶尔丹时在此渡过黄河，筹划军政大事，视察渠流灌溉，减免租税，推动贸易，并留下了“历尽边山再渡河，沙平岸阔水无波。汤汤南去劳疏筑，唯此分渠利赖多”的壮丽诗篇。清朝诗人王绥曾在《黄沙古渡》中写道：“荒烟漠漠路漫漫，河泻平沙两岸宽。缆解帆悬朝雨歇，马嘶人语夕阳残。”黄河古渡，是如此大气磅礴，雄浑壮丽。或骑上骆驼感受大漠风情，或乘坐羊皮筏体验黄河古韵，或登观日台领略黄沙塞外奇景，或在古渡口宁河台追忆“马嘶人语夕阳残”……都能让黄河古渡深深地印在你的脑海里，久久不忘。

月牙湖湿地，面积3586.7公顷，传说因昭君出塞路过此地，看见滚滚黄河水而起思念家乡之意，不忍离去，故而流下泪水，汇成一片波光粼粼、形似月牙的湖泊，后人称之为月牙湖。月牙湖由湖泊、浅滩、灌丛、草甸、沙丘构成，黄河在此流速变缓，形成了1.3万亩滩涂湿地，生长着茂密的芦苇、蒲草等自然植物，栖息着河鸥、大雁、山鸭、山燕、沙燕、灰鹤、白鹤、沙鸡等40余种珍禽候鸟，还有花棒、沙蒿、沙柳、新疆杨、沙枣树、刺槐等大量沙漠植物。此等风光使人油然而生“仿佛江南水国乡”的感觉。

乘着高铁，从关中到塞上。从秋意阑珊的关中平原，到一片橙黄、橘黄、金黄的黄土高坡，再到飞雪点点的银川平原，关中城市群、沿黄城市群、高坡窑洞，翔集的飞鸟、静谧的古村落、闲适的牛羊……高山、平原、黄河、沙海、戈壁、草原、森林、湖泊、湿地等自然景观参差齐备。银西高铁就如同一条金丝带，串起了颗颗“珍珠”，将沿线自然风光开发和整合，为喜爱亲近大自然的人献上了一场盛宴。

拍摄 · 曹文福

第二章

百姓生活

乘着高铁，走向致富振兴

作者 吴百燕

说实话，若不是银川至西安开通高速铁路，我不会有这趟旅程。无他，盖因山高路远，交通不便。

银西高速铁路全线总长618公里，沿途设站20座。宁夏回族自治区内7站，分别为银川、银川东、银川河东国际机场、灵武北、吴忠、白土岗（越行站）和惠安堡；甘肃省内7站，分别为甜水堡、洪德（越行站）、环县、曲子、庆城、庆阳、宁县；陕西省内6站，分别为彬县东、永寿西、乾县、礼泉南、咸阳北、西安北。

20多天的旅程，我真切地感受到中国铁路经过多年的飞速发展，已经使铁路与旅客之间的关系发生了“量到质”的转变。银西高铁的开通，不仅仅让人们的出行更加便捷，而且有力促进了铁路沿线“同城化”“双城化”，改变了人们的生活观念、生活习惯、时空观念、工作模式和置业理念。

河东机场站：空铁无缝衔接，解锁出行新方式

河东机场站坐落于宁夏回族自治区灵武市临河镇内，设于银川河东国际机场 T3 航站楼西侧，主要承担银川市、中卫市及沿线其他地区旅客与银川河东国际机场间换乘运输。

候车大厅一角，设有人工售票窗口和自助售票机。窗口上方，显示屏即时显示车票信息。乘坐高铁的旅客，在 12306 网站或手机 App 上购买车票后，无须再换取纸质车票，只需凭借身份证和人脸识别系统，就能实现快速进站。进站从过去的十几分钟压缩至几分钟，像坐公交车一样方便。

高铁站和机场 T3 航站楼之间的连廊长 108 米，是我见过国内最短的换乘通道。换乘飞机的旅客，在没有托运行李的情况下，步行两分钟，直接使用身份证通过安检便进入候机厅。有托运行李的旅客，可以使用“自助行李托运”设备，刷身份证即可打印行李条，根据系统提示对行李进行称重、拴挂行李条后，在自助交运柜台就可以完成行李交运。下飞机的旅客可以通过换乘中心通道直接进入高铁站候车大厅，购票前往目的地，也可以乘坐公交、出租、中长途大巴、社会车辆等多种交通方式前往目的地。

在河东机场站门口，有一个很实用的“岛”——空铁联运岛。这座依托机场和高铁站双方资源优势所打造的空铁联运岛，配置了自助查询设备，旅客可即时查询航班、列车信息，并通过自助售票、自助值机设备，航班及

拍摄 · 曹文福

高铁实时动态信息屏，进行购票和值机，实现高铁、机场、城际铁路、高速公路以及国道等不同运输方式的立体换乘和无缝对接。

空铁联运模式，对企业来说，打通了铁路和民航间的衔接，实现了高铁飞机互联互通，为铁路和民航的发展谋求共赢；对旅客来说，组合行程一站式购票方便省事，同站转换交通方式快捷省时，减少车站机场之间的交通摆渡，缓解了途中的舟车劳顿，为旅客的出行增加了便利。

"'空铁岛'大大方便了像我这种常常乘坐火车和飞机外出的人，现在赶飞机再也不像以前那么紧张，还可以稍微休息一下。铁路和航空的这个合作项目，让旅客不仅走得快也走得好，可以说真正体现了全心全意为旅客服务的初心。"来自大连的小韩拿到登机牌后高兴地说。

家住吴忠的赵先生在外工作一年多，这次回来他惊喜地发现不出机场就能够搭乘高铁回家了。"以前从机场坐大巴要 40 多分钟才能到吴忠，现在不出机场就能换乘高铁，17 分钟到达，太方便了！我能够更加从容地选择出行时间，再也不用辗转换乘，回家的路变得更加轻松惬意了。"

‖ 吴忠站：当高铁与美食美景相遇 ‖

吴忠这座城市，我虽然没去过，但并不陌生。我的两个文友，一个在吴忠市政府工作，一个家在陕西省富平县。前者总打电话盛情邀请我去玩，后者是向我抱怨，大吐苦水。

富平县文友抱怨情绪产生的根源是，如今陕西省的富平县，是东汉时期从宁夏吴忠搬迁过去的。两地有着血缘亲戚关系，每年都有很多富平人去吴忠，寻根问祖、追本溯源。由于不通火车，只能自驾出行，一趟下来，劳神费力。他抱怨我这个铁路人，为什么不修建一条沿黄高铁？

我没法回答，也不解，这座地级市的下辖县均设有火车站，同心火车站、盐池火车站、青铜峡火车站，就吴忠市没有。外地人想来吴忠市，要么自驾，要么坐火车到青铜峡站下车，再坐班车；而吴忠人出门旅行，先坐班车到青铜峡站换乘火车到兰州或银川再中转。

交通，是一个城市、一个地区发展的命脉，无论是在经济方面还是在文化方面，交通的发达程度都影响它们的发展速度和高度。而铁路又是地区交通中极其重要的一环。没有铁路通过的吴忠，发展非常“尴尬”，是一个几乎没有存在感的城市，也是一个比较难以留住人的城市，其城市每年外出务工的人数很多。

如今有银西高铁经过，再配上吴忠至中卫的城铁，吴忠不仅结束了主城市不通客运铁路的历史，也告别了高铁的“盲区”，把“舟车无阻、四通八达、物畅其流、货通天下”的梦想变成现实。富平县的文友再不用请年假，利用周末就可以玩遍吴忠了，而且不用忍受舟车劳顿。

吴忠是一座历史悠久、民风淳朴的城市，早在三万多年前就有人类在此繁衍生息，鸽子山遗址见证了吴忠古文明，引黄古渠哺育了黄河两岸儿女。秦时设富平，汉时置灵州，明时筑吴忠，这座城自古就是丝路古镇、水旱码头。在黄河的润泽下，吴忠既有小桥流水江南水乡的美景，又有大漠

拍摄·刘翔

雄浑的西北壮丽景色，素有“天下黄河富宁夏，宁夏最美在吴忠”之美誉，是名副其实的“塞上江南”“鱼米之乡”。

走进老杨记“德福牛肉面”馆，包间和卡座已经爆满，食客和服务人员熙来攘往，要不是文友夫妻俩提前预订和盯守包间，九点以后才到的我怕是空卡座也找不到。看着喧闹又热烈的场面，我禁不住好奇地问文友：“生

意这么红火?”

文友自豪地说:“当然! ‘游在宁夏,吃在吴忠’,吴忠的美食可是有口皆碑啊!”

“这个宣传语是银西高铁开通后,吴忠市政府在‘冬天去三亚,夏天去宁夏,给心灵放个假’口碑的基础上打造的品牌,有戏吗?”

“非常有戏!”文友不假思索地说,“这五年来,不只是你们铁路在忙着修高铁,我们吴忠市政府也没闲着。就餐饮业这块来说,我们挖掘散落在大街小巷的名吃、名店,像串珍珠一样把它们串起来,鼓励名店进驻名街,形成名吃、名店、名街的集聚效应。目前,吴忠餐饮业呈现快速发展的良好态势,成为拉动经济增长的新引擎。吴忠拥有一批中国名菜、中国名点、中华风味小吃、中华餐饮名店、宁夏名小吃菜品和风味小吃。还有农产品产地认证和中国地理标志保护产品并被国家有关部委、协会授予‘美食之乡’‘烹饪基地’等荣誉。其中,国强手抓、杜优素羊杂碎先后亮相《舌尖上的中国》,成为吴忠餐饮的代名词。这面馆,只是吴忠餐饮的一角,当你走遍吴忠的大街小巷就会发现,吃在吴忠,吃在食材好、吃在技法好、吃在风味好、吃在业态好、吃在环境好。”

文友的这番话,在我品尝过吴忠早茶后便信而不疑。

广州人的一盅两件早茶,那是百年传承和沉淀下来的习俗。而吴忠人的早茶拉面文化是在改革开放四十多年的光景里慢慢形成的,发展到今天已经深深融入吴忠人的日常生活中了。

吴忠人的早茶一点都不比广州早茶逊色,某种程度上还有超越。一碗牛肉拉面,热气腾腾,香气四溢;一壶八宝茶,香味醇厚,滋身养胃;一盘牛肉,肥瘦相间,嫩而不腻;黄瓜、酸豆角、萝卜条、土豆丝、小青菜、咸菜等十几样爽口小菜,还有锅贴、包子、千层饼、茴香饼等面点,别具特色。这就是吴忠人特有的早茶文化。吴忠人一天的生活也是从“吸溜吸溜”中开始的，且天天如此。

八宝茶是吴忠早茶餐桌上不得不说的特色，一人喝杯，两人喝盖碗，三五好友便叫上一壶，边喝边聊，一晃就是一个上午，甚是惬意。悠闲的日子就是在这一壶又一壶的八宝茶中慢下来的。

“吴忠的早茶拉面文化是一种悠闲自得的慢生活，拉面不单纯是拉面——面、点、茶、肉、菜缺一不可；拉面店也不仅是拉面店，而是一个兼具文化传播和交流功能的场所。”文友道。

文友还告诉我，这家面馆是吴忠最早的一家，老板叫杨德福。四十年前，他和父亲来到吴忠，在路边摆摊专门卖牛肉面，将拉面与本地特色八宝茶融合在一起；生意好了之后，租了一间平房，摆上几张桌子、几把长条凳，客人多时还得在门口搭篷。一开就是三十八年，吴忠早茶文化也就是在这期间形成的。吴忠的市区不大，坐车不到半个小时就能绕城一圈。可就在这个小城里，却坐落着大大小小超过三百多家的拉面馆。2015 年，杨德福知道吴忠要通高铁，他嗅到了商机，新建了这家面馆。五百多平方米的面馆光装修就花了一百多万，大厅、卡座、包间一应俱全。卖的东西也从简单的一碗拉面，变成了集拉面、八宝茶、面点、小菜、牛肉为一体的“豪华套餐”。现在，最好的时候一天能卖六百多碗。每到双休日，周边县市的食客坐高铁慕名而来的，能占到食客的 40%。

我在吴忠逗留了两天，这里的旅游景观极具特色，不管是在同心清真大寺、青铜峡鸟岛、十里长峡、黄河大漠，还是在金沙湾、一百零八塔、牛首山寺庙群、古长城遗址等地，我总能在美丽风光中捕捉到浓郁的回乡风情。吴忠就是这样一座将漫长历史、悠悠水韵与回乡风情、多元文化充分融合起来的塞上菁华之地，人们能从每一处人文景观和自然风光中体验到它独特的魅力。

2020 年 100 个城市消费者满意度测评报告显示，吴忠以 83.81 的总分在全国排名第五！不止如此，在《小康》杂志社独家发布的“2021 中国特色美食百佳县市”榜单中，吴忠市也光荣上榜！

银西高铁的开通，不仅实现了银川与吴忠半小时的经济圈，更好地加快吴忠地区经济发展，同时也将吴忠融入全国高铁网络。来往吴忠和在吴忠中转的旅客数量将大大增加，这些旅客流将极大推动吴忠商贸业、餐饮业、住宿业、旅游业等的发展。“游在宁夏，吃在吴忠”的名片将会越来越亮丽，吴忠百姓的生活也将会有质的变化。

惠安堡站：高铁助力脱贫致富

惠安堡站是银西高铁宁夏的最后一站，也是从西安返回进入宁夏的第一站，人称“宁夏门户，迎宾之门”。

惠安堡虽然只是一个小镇，但自古以来就是一处四通八达的重要交通枢纽，汉代起就处于丝绸之路北线的要冲。传说当年唐太宗李世民驾临吴忠勒石会盟酬百王，返回长安；唐肃宗李亨在灵武登基称帝后再返长安，都曾驻跸惠安堡。至于往来于长安与吴忠之间的使节及文臣武将、商旅墨客，在惠安堡这个地方换马歇脚就更是寻常事了。

惠安堡由吴忠市盐池县辖镇，位于盐池县西南部，距盐池县城 87 公里。惠安堡的历史，比今日的盐池县城还要古老，就连县城“盐池”这个称谓，也是由惠安堡一地移到盐池县城的。

惠安堡以盛产池盐而著名，盐湖在镇西不足两公里处的滩地上，由南、中、北三个咸水湖相连而成，南北长约五公里，东西宽约四公里，总面积约 20 平方公里。盐湖生产的盐除了满足当地人的需求，大部分就由这条路源源不断地运销到甘肃、陕西等地。惠安堡地名始见于明嘉靖六年（1527 年），是以屯长惠安之名命名的。

明朝和清朝前中期，是惠安堡最昌盛的时期。明太祖朱元璋的第十六子庆王朱栴就藩银川，曾在韦州城（距惠安堡 30 余里）暂住九年，这给惠安堡一带带来的发展机遇是不可忽略的。

惠安堡坐拥盐地、煤矿、石矿资源，有三宝：盐、皮毛、甘草，自古以来就是兵家必争、商家聚集之地，历来被刀光剑影、金戈铁马的肃杀所笼罩，留下了惠安堡古城、老盐池城堡、西破城城址、北破城城址、隰宁堡城址、萌城城址等遗址。

惠安堡因盐而生，因盐而富。清朝前期的惠安堡城内，街道齐整，人烟稠密，商贾云集，市场繁华，一派升平景象。清末，盐业趋于萧条，再无当年繁荣景象了。

1949 年，由于行政区划的变动，盐池县仅存惠安堡北、中、南共三池，年产原盐数千吨。20 世纪 80 年代，由于国家禁止生产土硝盐，盐厂倒闭。考虑到惠安堡盐湖的辉煌历史和丰富的盐资源，盐池县政府曾多次请专家实地考察研究，寻找惠安堡盐湖的突围之路。但遗憾的是，惠安堡盐湖出产的土硝盐芒硝量高达 40% 左右，不能食用，若用作工业用盐，提纯的成本又远远高于销售的价格。

在历史舞台上演了近两千年的惠安堡盐，带着几分无奈悄无声息地谢幕了。

靠打盐过上富裕生活的惠安堡人沦落到靠天吃饭，“种地没亩数、走路没里数、吃饭没顿数”。这句当地流传甚广的民谣，曾经是惠安堡“地广人稀、广种薄收、吃了上顿没下顿”的真实写照。

盐池县曾是国家级贫困县，2014 年第一次建档立卡识别贫困人口，2017 年 12 月向宁夏扶贫开发办公室提交退出国家级贫困县的申请，2018 年 9 月顺利通过国家专项评估检查，成为宁夏回族自治区九个国家级贫困县中首个脱贫摘帽县区。

同样曾是贫困县，同样曾面临基础薄弱、生态脆弱等问题，为什么盐池县只用了短短四年多的时间就啃下了脱贫攻坚这块“硬骨头”？ 97.71% 的群众认可度背后，盐池县是如何在脱贫攻坚战场上排兵布阵、冲锋陷阵的？这是我惠安堡之行探访的主要目的。

惠安堡总面积 1050 平方公里，人口 21259 人，辖 13 个村委会、一个居委会，镇政府驻惠安堡村。

镇子不大，有两家市场分布于东街和北街，分别是农贸市场和牛羊畜产品交易市场。211 国道穿镇而过，银西高铁在侧，盐兴公路横穿东西，惠平（惠安堡至平凉）路、惠大（惠安堡至大水坑）路东接西连。中太（中卫至太原）铁路在此路过，可谓四通八达。由此向西、向北，可至吴忠、灵武、银川；向东北，近至盐池县城，远到鄂托克前旗、陕西省定边等地；向东至陕北榆林、延安各地；向东南是甘肃环县、庆阳；由这里向南，近至本县萌城，远通甘肃庆阳一线；西南方向，是同心县太阳山、韦州、下马关、豫旺堡一线。由此可见，银西高铁在此设站的重要意义不言而喻。镇子中心广场为商业区，北门土特产及畜产品批发市场为农贸流通区。镇外北部为草畜产业区，中部为特色产业区，南部为小杂粮种植区和工矿产业区。

惠安堡一带，富裕点的村民盖的都是二层小洋楼，最普通的也是砖瓦房，基本家家有小汽车。仅汽车销售店，惠安堡镇就有八家之多。快递网点是数不胜数。街上，最显眼的招牌就是那几家清真羊羔肉餐厅。中午刚过 11 点，家家餐厅门前就已经停满了私家车，生意非常火爆，宁惠楼餐厅外竟然有十几个外地人在排队。

和宁惠楼餐厅老板顾占强聊天我才知道，外地人来盐池往往要吃上一碗羊肉，而要真正吃上一碗正宗的盐池滩羊并不容易，因为市场上很难买到原生态慢生长的盐池羊肉。在盐池，滩羊肉好吃与不好吃也分产区，盐池最好的滩羊核心产区在惠安堡、冯记沟、麻黄山一带。

惠安堡爆炒羊羔肉是《宁夏好味道》纪录片中三十六味之一，是家家餐厅主打的特色菜品。谈到虽然爆炒羊羔肉好吃，但是这个仅有两万多人的小镇显然不可能承载这么多家羊羔肉餐厅话题时，顾占强笑言："要是靠本地人消费，餐厅早就关门了！我们这里的羊羔肉餐厅主要靠过往客商。去年银西高铁开通后，周末游、家庭游、短途游的客源明显增加，这日子就没闲着，那叫一个忙。"说到这，顾老板的"小怨念"里是藏不住的开心。

在顾老板看来，高铁带来的不仅仅是源源不断的客人，它还给惠安堡旅游带来了"速来慢游"新模式。西安游客到惠安堡用时不到三小时，银

拍摄・曹文福

川游客到惠安堡用时一小时，游客有整整一天的时间可以在惠安堡品滩羊、赏生态、登长城，深度体验当地民俗，同时把当地的荞壳枕头、羊皮画等特色产品带回去。

“以前冷冷清清的旅馆、农家乐，现在每天都爆满，双休日要提前预订。现在镇上经营餐饮、民宿的个体户已经八百家了。”

顾老板认为，对于游客来说，“速来慢游”才是回归了旅游的本质。旅游本来就不是简单的拍照留念、走马观花，而是深入了解当地人文风情的过程，这样的行程才丰满。

最让顾老板吃惊的是，2020年7月，盐池县“母亲花开·忘忧盐州”黄花节文明实践活动在惠安堡镇大坝村黄花菜种植基地举办。活动当天，就有从银川、兰州、西安等地来的一万多名游客到八万多亩黄花菜种植基地采摘观赏。椒盐黄花菜、黄花菜丸子、黄花菜杂粮炖羊排、黄花牛尾煲、面蒸黄花菜等黄花佳肴让游客们大饱口福。他们在朋友圈迅速转发，黄花菜色形俱佳的品相、药食皆宜的营养价值，持续引发朋友圈的“围观效应”。

“今年黄花节还没到，我已经接到了好几个熟人订桌电话。”顾老板说。

在农贸市场和牛羊畜产品交易市场，与商贩和村民闲聊中，我得知，现在的惠安堡人，不愁吃不愁穿，上得起学、看得起病。住上安全房、喝上干净水曾是贫困群众几代人的梦想，如今样样都实现了。

滩羊是惠安堡脱贫当之无愧的“功臣”之一。

盐池滩羊之所以享誉全国，是依托于得天独厚的地理条件，滩羊所食饲草来自无污染的草原和人工草地。

盐厂关闭后，惠安堡人几乎户户放牧、家家养羊，高峰期养殖近70万只。长期无序养殖，导致环境恶化，草场遭破坏，黄沙裸露。为恢复生态，推进滩羊产业可持续发展，2002年开始，盐池县在全县封山禁牧，推广舍饲生态养殖综合配套技术，通过建立草畜产业示范基地等方式对滩羊进行标准化生产和质量追溯，多策推动这一特色优势产业健康发展。脱贫攻坚战打响以来，盐池县把滩羊产业当成全县扶贫产业的“长子”。在质量上精耕细作，着力完善市场倒逼、龙头带动的滩羊产业发展机制，推进滩羊产业标准化生产、质量追溯，提升滩羊的品质。2017 年 7 月，盐池县组建盐池滩羊产业发展集团有限公司，以全县 74 个贫困村为重点，采取整村推进的方式，先后与 2.3 万多名滩羊养殖户签订盐池滩羊订单收购合同，以高于市场同期价格的 10% 收购滩羊。此外，滩羊集团还与全县养殖户、合作社以投资、契约关联和生产经营协作等多种方式建立产业联合体，采取“企业 + 协会 + 农户”的模式，逐步实现“购销价格、市场开拓、品牌宣传、营销策略、生产标准和饲草使用”的“六统一”目标，培育扶持滩羊龙头企业 18 家，发展滩羊养殖合作社等新型经营主体近五百家，建设滩羊养殖棚圈 3.3 万座，滩羊规模养殖基地 300 多个，辐射带动农户 1.98 万户。在龙头企业的引领下，滩羊产业作为当地脱贫富民主导产业，在促进农民增收、带领农民脱贫致富的道路上持续发挥了产业撬动作用。

从家庭生活品到“商品羊”，盐池人为羊喜过忧过，也哭过笑过。如果说长年累月的情感积累是全民参与的基础，那么，发展路径选择则是产业腾飞的翅膀。

G20 峰会、金砖峰会、青岛上合组织峰会、达沃斯论坛……盐池滩羊肉曾多次登上“国宴”，产品进入 26 个省（自治区、直辖市）40 个大中城市，品牌价值达 68 亿元。

在盐池，以滩羊为主导的特色产业对农民增收的贡献率超过 80%。婚丧嫁娶、娃娃上学、看病就医，一笔笔账都出自滩羊身上。

盐池滩羊，是一个长尾脂、粗毛型裘皮用绵羊品种。至今，在世界养羊业中还没有发现与盐池滩羊相类似的裘皮羊。因此，盐池人自豪地说，盐池滩羊是世界上独一无二的优良裘皮羊。滩羊羔出生 35 天至 40 天后屠宰，经过先进工艺精制而得的裘皮，自古有“千金裘”之称，俗称“二毛皮”，当地人称“二毛皮统”或“西路轻裘”。裘皮是盐池三宝之首，也是宁夏的五宝之一。

用二毛裘皮精细加工出的男女冬装、猎装，雍容华贵、典雅精致，非常上档次。它不仅坚韧柔软、暖和舒适，而且穿着轻便，有“轻裘”的美称，在国内外享有极高的声誉。

滩羊毛纤维细长均匀，绒毛轻柔蓬松，制作的毛毯、披肩、围脖、毛衫等高级产品，以其富于光泽和弹性而驰名中外，是国家传统名牌出口商品之一，是最具宁夏特色的出口创汇产品。

从下岗工人到公司总经理，正是滩羊给周永红带来了“新生”。现在，作为美雅滩羊裘皮有限公司总经理的她带领七十余名工人一起做滩羊皮、羊毛的加工。这些工人中有不少人曾是建档立卡的贫困户。当地通过“公司+合作社”模式，带动数千户滩羊养殖户，每年外销二毛裘皮制品十万余件，产值上千万元。

盐池县是我国乌拉尔甘草的主生产区之一，也是宁夏甘草资源集中分布区和历史上“西正甘草”的主产区。由于地处鄂尔多斯台地向黄土高原过渡地带，野生甘草集中分布区域达235.6万亩，占全县草原总面积的28.2%，占宁夏野生甘草资源总面积的58.3%。可发展甘草的优势产区面积达6800平方公里，占全县土地总面积80%以上。盐池县由于甘草分布面积大、储量多、品质好，1995年被国务院命名为“中国甘草之乡”。盐池甘草色红皮细、骨重粉足、条干顺直，甘草酸和甘草黄酮含量高，制成的甘草膏、甘草霜等，行销国内外。封山禁牧后，盐池县采用“水地育苗、水旱地移栽、资源保护”的路子，采用企业建基地联农户、大户示范带动等形式，扶持引导广大农民群众集中连片种植甘草，先后建立万亩规模人工甘草种植基地五个，千亩规模种植示范区十个，累计发展人工甘草84.9万亩，成为全国最大的甘草种苗培育基地。随着近几年国内外市场需求量的逐年加大，价格不断上扬，甘草已成为当地农业增效、农民增收的重要途径。

黄花菜铺就脱贫致富“黄金路”。

作为盐池黄花菜主要集中生产区域的惠安堡镇，黄花种植面积达到了8.1万亩，年产值2.5亿元。黄花产业已经成为该镇农作物种植结构调整的主导产业，成为农户增收的“铁杆庄稼”。在黄花菜40多天的采摘期内，每天还可带动1.5万余人务工增收。2013年4月15日，黄花菜获国家农产品地理标志认证，2017年获全国果菜产业发展绿色百佳地标品牌和全国十佳蔬菜地标品牌，2018年通过宁夏农产品区域公用品牌认证并荣获“全区十大农产品区域公用品牌”，2019年成功入选第一批全国名特优新农产品名录。优良的黄花菜不仅引来了各地的收购商，还引来了大量的游客。随着黄花产业从扶贫产业到富民产业的转变，群众的腰包也慢慢地鼓了起来。

在谈到银西高铁开通对惠安堡的影响时，大坝村黄花菜种植专业合作社负责人杨培文说：“黄花菜经济效益高于其他作物，种植黄花菜又有防风固沙的作用，同时能解决当地劳务用工的问题。随着银西高铁的开通，惠安堡的交通越来越发达，会给黄花菜产业带来更多的机遇。”

“顺丰在盐池县城三个主要的农贸市场都有驻点员，进入高峰期，顺丰盐池站每天揽收滩羊肉快递件达到四千多件。”顺丰速运盐池、同心、红寺堡片区负责人马乐说，“过去，盐池快递业务量虽然爆发式增长，但运输能力始终是瓶颈，像牛羊肉等构成味蕾震撼的‘鲜’品系列，除了航空外，难以再有新的渠道来运输。羊肉快递高峰期，河东机场的运力没法满足需求，没有办法，我们只能把大量羊肉汽车转运到西安，再发往全国各地。”马乐的一番话，道出了物流业的发展，也需要高铁的“成全”。

“银西高铁开通后，盐池羊肉也可以借着高铁的东风，登上西安人的餐桌，西安的羊肉泡馍如果用上盐池的羊肉会更美味。”在盐池县马儿庄祥源家庭牧场，盐池县农业农村局副局长冯彦东这样说。

“高铁开通后，腊月中旬以来，我从早上七点半一直干到晚上十点，马不停蹄上门揽收，我每天都能发几百件羊肉快递，寄到黑龙江、福建等地，今年最大一笔快递订单发了十几只羊，月工资过万元了！”快递员呼延建山笑嘻嘻地说。

“让滩羊坐上高铁”，是盐池所有滩羊产业从业者梦寐以求的事情。庞登献所在的大水坑镇距惠安堡高铁站只有 27 公里，他做盐池滩羊生意刚好十年。他给我算了一笔账：“羊肉发快递，运费还是比较高。大家如果坐着高铁过来，回去的时候给家里带一点，就能把这笔钱省下来。这样既促进了滩羊的销售，也能让大家欣赏到我们盐池的美景。”

高铁通车后，盐池县的特色农产品走向全国。高铁带来的客流、物流、人才流和信息流推动着地区高质量发展行稳致远。

庆阳站：补强基础设施短板，助力老区发展

高铁驶出环县站，看着车厢中新上来的旅客，听着车厢内的欢声笑语，列车员小尹对我讲起数月前她经历过的一件事：

2020 年 12 月 27 日，列车停靠在环县站的站台上，车门打开，小尹见一位老人在一名男子的搀扶下准备上车，她赶忙上前协助老人安全登车，并细心引导老人就座。一路上，小尹不时过来看望老人，给老人介绍车上的注意事项，询问有没有什么需要帮助的地方。

交流中，小尹了解到这位老人名叫李景绚，年过九旬，来自环县合道镇陶洼子村。他身旁的男子是他的儿子李耀杰，他们将乘坐这趟银西高铁前往终点站西安北站。

“父亲一辈子没坐过火车，每次我回家时父亲都说，想趁他身子健朗的时候，走出大山去看看。以前环县到西安需要七个多小时，虽然有心，但父亲年龄大了，怕路上太颠簸，身体受不了，不敢带他去。”李耀杰说。银西高铁开始售票的第二天，他便抢购了两张车票，准备带父亲去一次西安，去感受这个日新月异的高科技时代。“现在从环县上车到西安只需要两个小时，老人身体还吃得消。”

一路上，看到一列列动车飞驰，望着窗外熟悉的大山从自己眼前快速消失，李景绚格外动容，打开了话匣。

小时候的他一直跟随父母务农，大多时间放羊，由于他的响鞭打得很好，政府确定他为响鞭哨成员，用响鞭传递军情信息。1948 年 12 月，为了给西北野战军补充力量，当时曲子县、环县的地方政府组织群众，跟随部队承担支前任务。十九岁的他被选为担架队员。在短暂的八个月中，他先后经历了解放蒲城、铜川、耀县（今陕西省铜川市辖耀州区）、富平、淳化、礼泉、乾县、永寿等地区的战役。

1950 年，他在陶洼子村开始了上学读书的生活。仅一年半时间，就读完了小学六年级的全部课程，并顺利考入了庆阳师范学校。毕业后，他先后在环县、平凉泾川县任教，1982 年，他获得了“全省优秀教师”称号，1992 年退休。近四十年的教师生涯中，他的学生不计其数。

退休后，他仍然从事地方考古、文化研究和散文、诗词、剧本等创作，编写了《赋闲杂集》一书，撰写的回忆录《我跟四叔抬担架》一文细致地记录了他八个月的担架队生活。

老人回忆起战争走过的路，眼眶湿润了：“1949 年 6 月，我们从永寿返回乾县，由于军情紧急，我们走了整整一夜，口渴难忍，两眼昏花，嘴唇干裂，喉咙里好似冒烟，说不出话来，前面的部队把能喝的包括马尿都喝了……而现在永寿到乾县乘坐高铁仅需十几分钟。”在老人的印象中，那个“车马很远，书信很慢”的年代，长途跋涉归乡，伴随着辘辘饥肠的是晕车的天旋地转，同时他也惊异地发现如今的列车行驶竟是如此四平八稳。老人家不停地问这问那。他虽然视力大不如前，仅能隐约看见些许影子，对外部事物的感知只能通过手中的拐杖，但只通过触觉感知，就让他感到很满足：“真是不敢想，不敢想啊，有生第一次坐火车就是坐动车，还是在家门口！”

在李耀杰的记忆里，家乡的路总是铺着一层厚厚的黄土，有些地方甚至连路也没有，漫山遍野是同一种颜色——黄色。行走其中，总是让人心情沉重。村子里没有学校，距离乡镇小学路途遥远，而且交通不便，只能步行，一个成年人到乡镇小学往返尚且需要三个小时，更何况孩子呢？大山里的

出站口
Exit
出站口
Exit
庆城站
Qingcheng Railway Station
庆城站
Qingcheng Railway Station
庆城站
Qingcheng Railway Station

拍摄・曹文福

孩子，有一个共同的名字叫努力。父母亲虽然没有给他锦衣玉食，但教会了他“永不放弃”！说起来他是幸运的,因为贫穷不曾吝啬地促他奋进努力;因为国家社会的力量从不把他放弃……终于，有一天，他走出了山的怀抱，启程那天，父亲所有的语言都化成了沉默。他挥手道别时，父亲的身躯已在风中铸成了一座雕像，那期待的目光成了他奋斗的力量。他离开了大山，而父亲却从未想过要走出大山。他每次回家探亲都动员父亲进城，父亲总是说:“我留在大山,是为了让更多的孩子走出大山。”

“银西高铁的开通，对于很多人来说，更多的感受是外出、返乡更便捷了，但对于李景绚老人来说，却是实现了自己以为一生都难以实现的梦想。”小尹唏嘘不已地说。

我也感慨不已，银西高铁，从 2013 年 8 月 27 日国家发展和改革委批复立项到 2020 年 12 月 26 日通车，历时七年多。这条路承载了太多的关切：一条中国减贫成就的展示线，是西部各族群众翘首期盼的小康线；一条黄河流域生态保护和高质量发展的促进线，是华夏文明璀璨闪耀的精华线；一条西部高质量发展的生命线，是促进区域经济开放、协同，打通经济内循环的联络线。

七年多来，从客货兼顾的干线客运，到调整为客运专线建设方案，从攻克上阁村隧道深厚富水黄土隧道安全修建技术难题，到首次在国内有砟高速铁路轨道铺设中采用“推送法”，这条路承载了太多的不易……

七年多来，从沿线群众为铁路建设“让路”主动搬迁，从几经转车花费大半天时间才能到西安的一路颠簸，到如今银川至西安只需三小时的“稳稳的幸福”，这条路承载了太多的故事……

列车很快停靠在庆阳站的站台上。庆阳是甘肃省省辖市，位于甘肃省最东部，陕甘宁三省区的交汇处，系黄河中下游黄土高原沟壑区。习称“陇东”，辖庆城、环县、华池、合水、正宁、宁县、镇原七县和西峰区，素有“陇东粮仓”之称，是中华民族早期农耕文明的发祥地之一。20 万年前这里就有人类繁衍生息，七千多年前就有了早期农耕。四千多年前，周先祖不窋曾在庆阳挖窑洞、建村落、“教民稼穑”，开启了华夏农耕文明的先河，奠定了周室王朝的八百年基业。这里是“环江翼龙”和“黄河古象”的故乡，是中国“第一块旧石器”的出土地；这里是中国中医药文化的发祥地，中医鼻祖岐伯的出生地，在此成就了举世瞩目的《黄帝内经》；这里是原陕甘宁边区的重要组成部分，甘肃唯一的革命老区，被誉为“永远的红区”；这里是国家级陇东大型能源化工基地核心区，石油、天然气和煤炭蕴藏富集，长庆油田的发源地。

西北的庆阳经济相对落后，偏僻、荒凉、闭塞、交通不便，成了全国各地人对庆阳的认知。

“山大沟深崾岘多，群众出门就爬坡”，“喊话话容易，见面面难”，“晴天一身尘，雨天满路泥；信息闭塞，产品滞销”，是庆阳当地交通状况的真实写照。

“成本高，路难修”又是交通建设的现实。环县交通运输局提供数据，在环县农村修建一公里公路，比在平缓地带修建成本高出四十多万元。统计数据表明，截至 2014 年底，庆阳当地还有 401 个行政村不通沥青 (水泥) 路，240 个贫困村不通班车。全市辖七县一区，有 6 个县是国家扶持的贫困县。其中环县是甘肃省 23 个深度贫困县之一，建档立卡贫困人口 32731 户，贫困村 251 个，是庆阳市贫困面最大、贫困程度最深、扶贫难度最大的县。

要想富，先修路。农村没有路，致富有难度。“四好农村路”是习近平总书记总结提出、领导推动的一项重要民生工程、民心工程、德政工程。

2011 年 12 月 22 日，全长 80 公里，投资 32.5 亿元的青兰高速西峰至长庆桥至凤翔路口工程正式建成通车，庆阳革命老区结束了没有高速公路的历史。

2012 年 11 月 21 日，经过 4C 级改造的庆阳机场复航，当天即开通了庆阳至西安、兰州的往返航班，庆阳革命老区打开了开放发展的新通道。

2015 年 7 月 1 日，西安至平凉铁路全线客运正式开通。这条铁路，在庆阳只有 11 公里。就是这短短的 11 公里，让庆阳革命老区告别了手无寸

“铁”的日子。

银西高铁在庆阳设高铁站，可谓是一下子弥补了陇东高原的铁路空白。这个数据对其他地区的人来说，可能没有什么感觉，但对庆阳及周边的几百万人来说，却有着非同寻常的意义。高铁不通，生活空空；高铁一通，生活轻松。高铁缩短了庆阳各县区之间的距离，更缩短了庆阳走向全国各地的距离。高铁开通后，由银川发往北京、上海、广州等城市的高铁将经停庆阳。这是继庆阳机场开通航班后,庆阳人又一次迎来的高速便捷交通方式。

庆阳是长庆油田的主产区，三万多名长庆油田职工分布在银西高铁沿线，他们中的大多数工作单位与家庭在西安、庆阳两地。银西高铁的开通，对于长庆油田沿线十多个二级单位的职工来说，更是一件喜事、好事。

“通车意味着离家近了，有更多的时间陪父母，陪孩子。”长庆油田第十一采油厂职工王琳说。王琳是西安人，在庆阳油田工作，担任野外开采工作，长期与家人异地。她每次回家都几经周折，从山里到庆阳坐车两小时，从庆阳到西安大巴三小时，现在高铁通了，一小时左右就可以和家人团聚了。

对王琳这样的长庆油田职工而言，银西高铁无疑是一趟亲情专列。从庆阳站上车，到西安家里全程只需两小时，买一块新鲜的豆腐，都能赶在热气冒完前送到。

“2018 年夏天，我们联系好了甘肃庆阳一个煤矿的活。但是如何去庆阳难倒了我们。”务工人员薛超说。他们先乘坐班车到西安，然后换乘公交车到西安火车站，最后还要等待合适的火车才行。“我们有时为了等合适的火车还要住一宿。不过现在好了，银西高铁途经的县市，煤矿资源丰富，更方便我们以后务工和出行。”

银西高铁庆阳站是庆阳市综合交通枢纽及配套公共设施的重要组成部分，和市区长途客运站和城区公交站“三站合一”，打造出集多种交通方式、多种服务配套于一体的大型综合交通枢纽，进一步激发高铁“交通运输 +”的辐射带动作用，有效促进商贸流通，加快运输集散，完善城市功能。

银西高铁改变了一线革命老区长久未通高铁的现状，让老区的人们享受到高铁带来的便捷。人们通过这条高铁往返于庆阳和其他城市之间，能够更加方便地外出找工作、求学、经商。银西高铁开通运营，庆阳人动辄十多个小时在路上的体验一去不复返,人们正式融入“全国八小时”高铁圈。在银西高铁的运营成绩单被公布之前，很多人完全没有想到庆阳会是银西高铁线路上客流最繁忙的地区。

庆阳市借力银西高铁，补强完善红色旅游景区周边环境、道路等设施建设，定点、定时开通高铁站至景区“旅游大巴车”，为旅客出行提供便利。银西高铁还为庆阳带来一批批食客。他们乘高铁而来，早上先咥一碗清汤羊肉，一口入魂，两口摄魄，周身微微发汗，醇香回甘。到了中午，来一碗有故事的饸饹面，面条劲道，汤红油汪。到了晚上，庆阳土暖锅吃起来！土暖锅，外形似老北京铜锅涮肉，内容又像东北大乱炖，萝卜、白菜、粉条、豆腐打底，五花肉、排骨、丸子等肉类盖面，再浇上鲜美的骨头汤，怎一个美字了得！还有庆阳“压箱底的美食”九碗十三花呢！只能下次来再品尝了，好在有银西高铁呢！

彬州东站：高铁营造新的生活体验

在中国有一个地方早在几千年前，就被古人誉为“金池汤城，沃野千里，天府之国”。这个“天府之国”说的不是四川，而是彬州。

彬州，秦设漆县，北魏设豳州，唐开元十三年（公元 725 年）改豳为“邠”，1964 年改为“彬”。2018 年 5 月，撤销彬县，设立县级彬州市，由陕西省直辖，咸阳市代管。

在彬州我逗留了三天，离开时心情格外复杂。这个历史悠久、人杰地灵、已经美了 3500 多年的地方，却低调得令人心疼。溯其根源，在于彬州铁路建设滞后。西（安）平（凉）铁路虽然 2013 年 12 月 20 日建成通车，但直到 2015 年 4 月 10 日才首次开行旅客列车，自此彬州、永寿、乾县、礼泉等地区结束了不通铁路客车的历史。银西高铁开通后，银川至彬州运行时间为 2 小时 45 分种，西安至彬州运行时间为 47 分钟。

彬州位于陕甘两省交界处，全市版图形似正写的“人”字，是连接秦陇的咽喉要道，是陕西关中“一轴一环三走廊”城市群上的重要节点，是古“丝绸之路”必经之地，素有“丝路明珠”之称。朝代更迭，一眼千年，虽然彬州过去的盛景不再，但魅力依旧，这里依然是一个处处让人惊艳的地方。

有人说，到彬州看黄土有多厚，就知道彬州历史文化的积淀有多深了。从公刘建治立“豳”开始，彬州的历史便有史可溯了。

彬州曾是商周先民吟唱《诗经·豳风》的乐土，曾是导引丝绸之路商旅驼帮东西往来的必经之地，曾见证过中华民族大融合与繁荣。早在八千年前，就有原始先民在这里繁衍生息；三千五百年前，周祖公刘避桀居豳，开创了泾河流域定居农耕的先河；宋代范仲淹任邠州知州，留下了《邠州建学记》的千古名篇；唐代诗仙李白旅彬赋诗《新平楼》，诗圣杜甫《北征》咏彬诗千古传诵；清代左宗棠、谭嗣同，近代的于右任等，都在这里留下了美丽动人的故事或千古绝唱。

也有人说，到彬州看彬州积淀的不同时代的古迹名胜。

这里有地貌形似卧龙，故称“周墓蟠龙”的公刘墓；有建于唐代的陕西第一大佛，被誉为“关中第一奇观”的大佛寺；有陕西第一大天然淡水湖“侍郎湖”；有挺拔秀丽，显示了宋代建筑艺术的开元寺塔。历史名胜之外，得天独厚的地理条件化育了风光旖旎的自然神秀。有山环水绕、形似太极、色彩斑斓、景色宜人的太极湾；有“养生绝佳地，风水第一村”的程家川；有冬天冰凌晶莹剔透，景色清幽堪称神奇的石龙窝；有天下独绝的水帘灯山、景观独特别致的花果山石堡……

“城在林中、院在花中、路在树中、人在景中”，无论你行走在“诗经风情园”“豳风苑”，还是步入“高原明珠”侍郎湖，到处都是迷人的风景。

开元广场依紫薇山而建，广场内有开元寺塔，范仲淹、张舜民的雕像，广场西边以34名彬州市书法家的墨宝雕刻成书法墙，中间建有音乐喷泉。夜幕降临，灯火辉煌，广场上人来人往，热闹非凡，是彬州人休闲娱乐的好去处。在这里古代建筑与现代文明交相辉映，秦腔与流行乐和谐共鸣，太极拳与广场舞并蓄共舞，共同构成了彬州市一道亮丽的风景线！

在广场上，我听见路人打电话时说：“以后来彬州，你可以坐高铁！”时至今日，银西高铁仍旧是彬州人的热门话题之一，高铁也成为彬州人出行新选择！

54岁的王鹏云，家在彬州，在北京工作已近26个年头。“每次回家都会有变化。”他说，回家的路也“越来越近”，从过去的20多个小时缩短到现在近六个小时。

从“哐当”作响的绿皮火车到空调车，再到“贴地飞行”的高速列车，

拍摄 · 曹文福

王鹏云的回家路折射着中国人出行方式的变迁。

王鹏云的记忆中，春运就是人山人海的车站、购票窗口长长的队伍、拖着大包小包的旅客，以及拥挤不堪的车厢。“那时候春运，你有票从车门上不去，好多人就爬窗户，反正能挤上去就是本事。每次回家都是一场煎熬之旅，与其说回家过年，倒不如说是迁徙。今年春运回家，家乡开通了高铁，出行舒适度大为提升，便捷、智慧，什么自主选座、移动支付、临时身份证自助制证、刷脸进站，以及动动手指就能购票、订餐，从‘一票难求’到‘舒服回家’，铁路服务也不再局限于一节节列车上，而是延伸至从买票进站到出站后抵达目的地的每一个环节。细致入微的服务让春运期间舒适出行不再是梦。”

高铁让彬州人享受到“公交化”“通勤化”出行的便捷，“打高铁”上班成为新时尚。“候鸟族”数量不断增加，已成为一种稳定的生活方式。

“对于在西安打拼的我，无论工作如何舒心，心里总会有点放心不下。且不说不能和家人经常见面，万一有急事，不能第一时间赶回去怎么办？没通高铁前，双休日我先是选择坐大巴回家，两小时多的车程，走着走着变成了五小时、十小时。堵车呀！有一次整整堵了 11 个小时，高速上还没地儿上厕所。有车后自驾返家，还是拥堵！记得有一次堵了 15 个小时，当时冰天雪地，好不容易到了服务区匝道前，等待进入服务区的车堵成长龙，根本开不进去！我只能下车步行，风从脸上刮过去，简直像刀刮。现在好了，每天可以乘坐高铁上下班，再也不用操心堵车的问题。”说到上下班花费高额费用的问题时，在西安上班的李先生说：“乘坐高铁上下班虽然不是最好的办法，但肯定是在异地工作人最舒心最乐意的选择。乘坐高铁上下班比在工作附近租房子更让人乐于接受。‘昂贵’的通勤日子会让我更加珍惜每天和家人在一起的宝贵时间。”

更多的人则是算了一笔经济账：去西安坐高铁最划算，比班车还便宜。早晨坐从彬州东站乘坐 8:02 发车的复兴号 C9332 次列车，9:08 到达西安北站，票价 43 元；晚上从西安回彬州，从西安北站乘坐 19:25 发车的复兴号 C9333

次列车，20:31 到达彬州东站，票价 43 元。从西安到彬州，早上坐从西安北站 07:00 发车的复兴号 C9331 次列车，7:42 到达彬州东站，票价 34 元；晚上从彬州到西安，坐从彬州东站 20:51 发车的复兴号 C9334 次列车，21:51 到达西安北站，票价 34 元。

彬州人在西安要乘坐高铁通勤，西安人来彬州，可以看美景，更能品美味。彬州的美食，从一碗御面开始。陕西人爱吃面，并且把面玩出了无数的花样。陕西的每一个地方都有面食，每一个地方的面又大不相同，彬州的御面就是其中较有特色的一种。而今，有很多西安周边的人坐高铁来到这里，只为吃上一碗热腾腾、香喷喷的正宗御面。为了让有三千年历史的古法小吃的滋味在舌尖回荡，坐多久高铁都值！当然，除了御面外，彬州还有很多美味，如彬州苹果、彬州梨、大觐枣、凉皮、荞麦饸饹、桂花蜂糕、煎汤面、肚丝汤、汤泡馍……总有一样会让你还想再来。

永寿西站：高铁让我们吃上“旅游饭”

永寿县，是一块具有千年历史的古老而美丽的土地。

这里生态环境优美，森林覆盖率达到42.7%，是渭北旱塬上著名的绿色生态明珠、西咸大都市的生态绿洲，被称为关中平原的“绿肺”，素有“隋唐夏宫、福安永寿”之美称。

永寿区位优势明显，交通发达，银西高铁、西平铁路、福银高速和312国道穿城而过。距省会城市西安98公里，距咸阳国际机场68公里，已融入“西咸一小时经济圈”，通村公路469公里，以县城为中心，辐射镇村的公路网已全面形成。

永寿县位于黄土高原丘陵沟壑区，地形北高南低，地貌分中低山区、残原梁峁区、分割黄土原区、低黄土原区、沟壑、泾河高阶地及河谷谷地等类型。

889平方公里的土地上，毛细血管一样密密地分布着891条支毛沟。在永寿随处能看到史前地质运动留下来的不朽杰作。极目远眺，梁梁峁峁，起伏跌宕；沟沟壑壑，纵横交错，可谓是“峰峦如聚，波涛如怒”，“横看成岭侧成峰，远近高低各不同”。那些拔地而起、危如累卵的土崖，那些鸟巢一样的土坳，那眼睛一样的土窑洞……如此千姿百态的地形地貌，让来自平原的我，为它的粗犷、为它的雄浑、为它的奇崛，而惊叹不已，甚或惊心动魄。

永寿在彬州与乾县之间，两边的彬州、乾县地势低，永寿地势高，一条长长的巨蟒似的土梁横在中间，人们习惯性地把这块山梁叫作永寿梁，而它真正的名字叫翠屏山。

看过银西高铁线路示意图的人都知道，在穿越永寿翠屏山市级自然保护区时，高铁调整线路走向，绕了一道弯，避开了保护区。如果说，串起沿线丰富历史文化景点的银西高铁是一条“文旅线”的话，那么，在设计中坚守生态环保理念的它，也可被称为一条“绿色线”，做到了“来时青山绿水，走时绿水青山”。

永寿梁沟壑纵横，干旱贫瘠，千百年来，生活在这里的父老乡亲只能依山打窑栖身。20 世纪 50 年代末，这里还是一片野岭荒山，簇生稀稀落落的野蒿、野山枣、狼牙刺。遇到荒年，平原人没有粮食，缺少柴火，一面进山换粮，一面进山斫柴，亦有外地饥民，进山烧荒垦田，使永寿梁犹如拔掉毛的山鸡，瘦骨嶙峋。每当北风刮起，光秃秃的永寿梁无遮无拦，只能随着狂风，扬尘播土。60 年代末，全县人民响应国家号召，上山下乡，植树造林绿化祖国。80 年代，西部大开发号角吹响，全县实施退耕还林，建设秀美山川。就这样，经过一代又一代人的不懈努力，才成就了 40 万亩槐树林、32 万亩天然草场及 3.2 万亩沙棘。永寿不但治理了水土流失，还成为一座天然氧吧，改善了空气质量，也为坐落在下风口的咸阳和西安挡住沙尘。莽莽苍苍的 40 万亩槐林，使永寿县有了中国第一槐乡的美誉，成为今日永寿县、永寿人的骄傲。

在福银高速未建成之前，312 国道西安至长武段便是沿途县区的主要通道。由于永寿梁路段公路沿山而建，坡急弯多，加之来往大货车流量大，每遇阴雨浓雾天气便会发生车祸或因路面原因而导致塞车。福银高速修通，312 国道运输压力减轻之后，无论是沿福银高速还是从 312 国道而行，永寿梁上的槐林盛景，都让人心怡、陶醉。

槐树，是永寿的幸福树；槐花，是永寿的美名片。始于 2000 年的“中国 · 永寿槐花节”，在每年五月槐花盛开之际举行。历届槐花节都以新颖的主题、丰富的内容吸引省内外来宾、游客。

走近槐林，听蝶舞蜂鸣，吸天然氧吧，走山间小路，归返自然韵味，平添几分游乐、几分游兴。

古诗有云："日中不用摇纨扇，伏里可曾试葛衣。"想到永寿梁昔日的景象和那场史无前例的封山造林大会战，不由在心中暗自对永寿当年决策者的远见卓识表示敬意，同时也为这道绿色屏障所蕴含的"永寿"精神而叹服。物为我用，事在人为，永寿人立足干旱贫瘠的永寿梁，不为所困，不为所累，他们本着绿水青山就是金山银山的信念，在永寿梁默默耕耘，没有皱眉，没有气馁，使昔日荒凉贫瘠的永寿梁变得满目葱茏，花香四溢。

陕西的槐林若有十分，那么，至少有七分是在永寿。永寿的槐林若有十分，那么，至少有七分是在永寿梁。有人说，永寿之所以被称为中国槐乡，和永寿梁气势磅礴的万亩槐林是分不开的。来永寿，若不到永寿梁走一走看一看，肯定心生遗憾；若不走进槐树林，不到密密匝匝的林间体验一把，定是虚度了槐乡永寿。

穿越永寿梁隧道，路边多出了几个当地人摆的摊点，摊点主要是卖饮料和凉皮。摆摊的老乡对我说："你来早了，五一过后，漫山遍野的槐花竞相开放，各地蜂农载着蜜蜂，赶赴页梁，采花酿蜜。过槐花节，那才热闹呢！游客可以在我这租用摘槐花的长杆钩子。"我好奇地问道："槐花能随意去采摘吗?"老乡说随便摘，这么多花摘不完的，这槐树怪得很，摘花弄断了树股，第二年新出的树股花更繁。

作为一个外来者，我的感受自然无身在其中之人来得深切。在此摘取永寿作家耿峻平散文《遥望那片槐树林》里的片段：

这里，四时景色各异。暮春，一夜春风，千树万树槐花开；梁梁峁峁，沟沟岔岔，"遥知不是雪，为有暗香来"。似曾相识的放蜂人络绎不绝，一个个蜂箱被摆在了林间空地上。

这样细腻生动的文字，只有身心投入、情融于物的人，才能写出。要让我这匆匆邂逅40万亩如仙境般美景的人来描述，确实难如人意。

我只知道，这里每年有数千名学生前来临景习作；

这里，每年有书画名家来这里泼墨丹青……

这是一个让人如坠云雾、遐思万千的去处；

这是一个让人流连忘返、赏心悦目的去处；

这是一个站可看蓝天白云，坐可闻槐花飘香，卧可听蜂鸣鸟叫的去处。

在这里，不仅可以领略万顷槐林的壮观，还可以了解大自然的神奇，追溯黄土地上沟壑纵深的演变过程。

永寿梁的最高处是永平古镇，古镇秦代称麻亭，唐武德二年（公元619年）设县治，曾三次设为县治。清康熙八年（公元1669年），修建形似盘中金元宝的古城，取名“金盘城”。古镇保护了北宋武陵寺塔、吕公惠民泉、唐代女将樊梨花点将台、稷陵关、清代县衙遗址、翠屏书院、天堂寺和藏兵洞等历史文化遗迹。金盘城的缔造者张焜修造金盘城时为了不伤民财民力，变卖家产倾其所有，还回乡寻求友人赞助。在永寿民众心中，他不仅是廉吏清官，更是侠胆义肝的文人。金盘城前广场上，张焜的白色雕像耸立在武陵寺塔之前，俯瞰着永寿大地。

从金盘城下来，我分别去了颐和生态园、黄土地绿色生态观光园、云集生态园、东仪永寿农庄、黄土地华夏窑洞民俗村、店头滨河小镇等景点，一路下来，进行的不仅仅是一场走马观花的旅行，更是一次发现之旅。

我发现永寿县路网发达，交通便利。全县6镇1办157个建制村，县、镇（办）、村通路率达100%，通客车率达100%，高铁站至永寿梁开通了旅游专线，去哪儿都很方便；农村公路串起了绿水青山，为推进永寿脱贫攻坚、产业发展、旅游振兴奠定了坚实基础。

“过去人都说穷寨子，没想到现在咱不仅住进了宽敞明亮的楼房，雨雪天下棋还有个地儿，自家还成了景区。”提起村里的变化，家住永寿县御驾宫示范园区寨子村的81岁李文秀老汉一脸激动。

高铁参与帮扶工作，让永寿县政府的精准帮扶工作找到突破口，地区的优势资源得以发挥，让村民在家门口就吃上了“旅游饭”，将永寿县的美丽乡村建设提档升级。一个个昔日不为人知的小村，如今逐步实现了美丽蝶变。

云集生态园负责人郝树平介绍，西平铁路通车，为云集生态园带来了邻近省市的游客，客流量相比过去增长约 10%，每年客流量约有 30 万人次，

年收入可达 1500 万。园区 200 名工作人员中，有 170 余人来自邻近村子，人均年收入达四万元。银西高铁通车后，客流量更是暴增，仅春节黄金周期间游客便已爆满。谈及园区的未来，郝树平充满期待。

走一条“产业美”“生活美”的融合发展之路，不失为永寿县一种智慧和负责的选择。穿槐林、赏槐景、采槐花、品槐蜜，登虎山、赏古塔、望

永寿梁美景，领略民俗、体验民宿、享受美食……立足特色旅游资源优势，不断夯实旅游基础设施，深挖乡村旅游发展潜力，从“小生意”到“大产业”，永寿乡村休闲游的发展可谓数量与质量并重、口碑与口袋双赢。

随着银西高铁的建成通车，永寿县交通区位优势进一步凸显。可以说，永寿正处在以西安为中心的关中城市群和以银川为中心的沿黄城市带之间的便捷通道上，在实现与全国高速铁路互联互通、促进“交通 + 产业发展”“交通 + 旅游”、拓宽农产品销售渠道上都有着得天独厚的优势。

这就是永寿，一辆正在与发达地区接轨的快车！

乾县站：没吃过乾县的豆腐脑，就别诓乾县

十二年前我曾来过乾县，是西安的一位朋友开车带我来的。当时福银高速公路正在修建，我们走的是 312 国道，路面破烂不堪，超载拉煤车太多，经常堵车。走走停停车，约八十公里的路，走了近四个小时。

当年我们在乾县游玩了两天，看了“世界帝陵之冠”乾陵、靖陵、龟城等，听了激越的弦板戏和粗犷豪放的蛟龙转鼓，买了造型夸张的剪纸和泥塑。临走时，朋友说要请我吃大餐，我期待又激动地跟着他，东拐西拐来到一个巷口。一进巷子，各种吆喝叫卖声交织在一起，热闹非凡。路两旁有十几个早点摊子，有卖锅盔的、有卖酸汤挂面的、有卖馇酥的、有卖菜盒的，有卖豆浆油条的……朋友皆不顾，径直进了一家无名小店。说是店，其实就是个路边摊，一棵老槐树下搭了个帆布凉棚，旧得泛黄，放着二条细长条案，再摆几个小马扎。

坐定了，老汉眼皮一掀，瞧朋友一眼，说：“豆腐脑，茄子馅菜盒！”看向我，“她呢？”朋友笑道：“豆腐脑，韭菜馅菜盒！”老汉听后，径自忙活去了。

“这是你说的大餐啊？这不就是碗豆腐脑吗？你个大老陕，咥碗面，剥一骨斗（头）蒜，也比吃这个舒坦！”我哭笑不得。

“你不懂，在西安，你可以不去大雁塔，可以不吃肉夹馍，但一定要吃碗羊肉泡馍，否则不能算你到过西安。同理，没有吃过乾县的豆腐脑，就

别谝乾县，更别提瓜婆陵（乾县人习惯把乾陵称作‘瓜婆陵’）。”

我撇撇嘴，心道，不就是豆腐脑么，哪儿没卖的，香菜黄豆榨菜一样都没有，就放点盐醋和油泼辣子，能有啥味？

朋友似乎看出了我的心思，也不争辩，自顾自地说：“我是乾县人，吃他家的豆腐脑长大的。这老汉姓陈，从他爷爷的时候就开始卖豆腐脑。那时候卖豆腐脑都用担子挑着，担子的一头是一个装在柳筐里用麦草扦插固定的瓦缸，瓦缸里就是豆腐脑。担子另一头是一个特制的木架子，架子上放一个长方形木托盘，托盘里放的是辣椒碗、醋碗和供人吃豆腐脑的小碗等。卖豆腐脑的人边走边吆喝‘豆腐脑，热缸子，不想吃，也要尝个子’，一听到叫卖声我就坐不住了。乾县人爱吃豆腐脑，这种风俗代代相传，只兴不衰。所以，无论城乡村野，只要有人群的地方，就有豆腐脑担子，早晚一声‘卖豆腐脑——’就会一下子围聚很多人，大家或蹲或坐、边谝边吃，那真叫一个痛快。忒，咥得美！花五分钱买一大碗豆腐脑，端回家我们兄妹四个，你一口，我一口很快就吃光了，最后连粘在碗内的辣子油也被我们用馍给擦光了。”

说话间，豆腐脑端上来，我吓了一跳，红艳艳的一碗，嫩嫩的豆腐冒出个尖儿，犹如火山积雪。

“搅匀了吃！”朋友丢给我四个字便不再说话，轻轻舀了一勺豆腐脑，在唇边，嗞噜一吮，先是在舌尖上搅动，品咂，然后在慢慢吞咽中，微闭双目，一幅陶醉之态。

看着他那么投入，那么满足，我满腹狐疑，拿起不锈钢勺搅拌起来，这一搅，便发现乾县豆腐脑的好来。它凝而不散，翻而不碎，用浅勺轻轻舀于碗中一片，如双摺，则摺而不断。

第一口，我的味蕾就被激活了，酸辣鲜香里凝结着浓郁的豆香，在口腔里打着滚就进肚了。韭菜馅菜盒和豆腐脑更是绝配。豆腐脑细嫩丝滑，如丝绒一样滑过舌尖，辣子油的香味荡气回肠，和外酥里嫩的韭菜馅菜盒交融在一起，韭菜的清香细嫩和面香油香混合交织，短短一瞬间让人吃出了幸福感，不愧是乾州一绝啊！

第一碗刚吃完，陈老汉不动声色地把第二碗递过来了，衔接得滴水不漏。

乾县的豆腐脑，是否天下第一，我不敢作出评价，毕竟我并没有吃到全天下所有的豆腐脑，但是我知道吃了乾县的豆腐脑，就再也忘不掉这个味道了。

这次再来乾县，我打电话问朋友，陈老汉的豆腐脑在不在。朋友说，那条巷子已经拆迁改造了，新店地址在百度地图里搜索“陈记老老字号豆腐脑”就能找到。我如提示操作，果然好找。

店门口的牌子设计的醒目抢眼，上书：

百年老店

舌尖上的中国非遗传承人

陈记老老字号豆腐脑

为什么叫“老老字号”？是想证明祖孙几代专卖豆腐脑么？记忆中的豆腐脑店已从昔日的街头地摊，走进装饰精美的饭店，餐具从消毒柜里取，付款方式也由现金改为微信或支付宝支付。这一切说明传统的生意和习俗也发生了颠覆性的改变。

进店坐定，扫视一圈，我竟然发现有十几位和我一起在乾县站下车的熟人。走过去打问，有银川的，有吴忠的……坐六百余里的高铁就为了吃一碗乾县豆腐脑。看来，吃也是旅行的原动力。

“二十年前我来乾县，吃过乾县豆腐脑之后，我对于豆腐脑的分类，由‘甜豆腐脑’‘咸豆腐脑’两种变成是不是‘乾县豆腐脑’了。而变成这样的原因只有一个——乾县豆腐脑实在是太好吃了！之前，乾县豆腐脑再好吃，来一趟不容易呀，先乘火车到西安，然后换乘公交车到乾县，有时为了等合适的公交车还要住一宿。现在坐高铁早上到晚上回，我想来就来！”一位银川的老人说。乾县豆腐脑的滋味如何看他这番高论就有答案了。

“我们家做豆腐脑生意从我爷爷算起已经一百多年了，始终坚守‘老味道’，生意红火时，一天能卖800碗。”端着豆腐脑过来的陈老板乐呵呵地接道，“到我这儿来的都是回头客，外地人基本是短途自驾或坐大巴来的旅游团。我们凌晨五点多开门，最迟十二点收摊关门。现在有高铁了，外地人来的多了，从早到晚都忙咧！”

“高铁上点外卖，你店能送吗？”我好奇地问。

“送咧，但我还是建议来店吃，感觉不一样咧！”陈老板道。

陈老板的话我赞同，吃豆腐脑，要的是那热乎乎的感觉。

豆腐脑制作方法全国各地大体相同，但由于乾县水质的缘故，乾县豆腐脑就更为独特。乾县水里县北的窖水和县西的泉水为最佳。

有人说陕西人是吃面长大的，过去我不会反驳，现在我要说：乾县人除外，因为他们是吃豆腐脑长大的。乾县人对豆腐脑的喜爱已经深入骨髓，是流淌在血液里的基因。

在西安宝鸡一带，甚或甘肃河西走廊一带，豆腐脑都是早餐必备食品。经营者大都是凌晨五点多出摊，卖到十点以后收摊回家。但是乾县却不一样。一碗豆腐脑，卖一整天，吃的人络绎不绝。豆腐脑实惠美味，让人赞不绝口！乾县豆腐脑忠实的拥趸，资深的食客多是在晚上吃豆腐脑。当华灯初上，乾县城的街灯流光溢彩的时候，喜欢吃豆腐脑的乾县人，便悠着方步，哼着小曲，向自己心仪的豆腐脑馆子踱去。

这时候，白天的繁忙被淡淡的夜色消弭了，吃豆腐脑，便成了一天中最惬意的事情。他们不急不躁、悠闲地坐在豆腐脑缸子旁的小凳子上，目不转睛地瞅着摊主从缸里舀豆腐脑。

那缸子是瓦缸子，很多已有了年份。外面缠裹的生布浸染了岁月的底色，吮吸了日月的光华，泛着油迹斑驳的釉色。它是一尊历史的化石，蹲在墙的一角，用一肚子的酸甜苦辣，诉说着生活的味道。

摊主手里拿着小铜铲，上下翻飞，三五下就舀了多半碗豆腐脑。那豆腐脑韫玉一般雪白剔透，冰肌玉骨，清澈通透得如一潭秋水，波光潋滟，空灵澄明，盈盈的光泽如伊人翦水的眸子。看着这一缸羊脂玉般的豆腐脑，便会想起荀子的“玉在山而草木润，润生珠而崖不枯”。人的心灵也仿佛被玉化了，温润了许多。

最精彩的是调豆腐脑。银色的小勺子像起舞的蝴蝶，如展翅的春燕，在盐、醋、蒜汁、辣子之间，一飞一掠，轻盈翩翩。银色的勺子像在月光下淘洗影子，指尖上的芭蕾是生活最极致的绽放。

这时候，食客们吃得很慢，勺在唇边，嗞噜一吮，先是在舌尖上搅动，品咂，然后慢慢吞咽……如醉如仙地品味。

灯光下，食客吃完一碗或两碗豆腐脑，仍余兴未尽，不忍卒去，便谈论些周遭的轶事。

味觉的记忆搅动肝肠，胃肠里流淌的人间烟火，是岁月里永恒的风景。坐高铁在乾县吃豆腐脑，吃的是历史，品的是生活。那沉在缸子里的，洁白如脂，沉积着时光浅静，岁月清和；浮在碗里的，则是生活的味道，酸、甜、咸、辣，五味杂陈，历久弥香！

礼泉南站：游关中第一村，探秘关中美食

礼泉，是我此行的最后一站。

20 多天的亲身体验，我发现银西高铁运营至今，中短途客流保持高位运行，主要以公务、商务、旅游、探亲访友、通勤、体验为主。周五和周日为客流高峰日，周五客流主要是周末回家的以及探亲和旅游客流，周日为周五对应的返程客流。

由此不难看出，银西高铁的开通，不仅改变了沿线旅游城市的旅游市场结构，区分了沿线旅游城市的层次，还改变了沿线旅游城市的旅游产品结构，促进了沿线旅游城市间的区域合作。银西高铁的开通对于一个区域、一个城市而言，既是机遇，也是挑战。如何借助银西高铁推进沿线经济乃至旅游产业的发展至关重要。旅游产业是城市的“面子”，而“里子”则是城市的开放程度和创新能力。

在礼泉，如果想要了解关中文化、风土人情，有一个地方不得不去，那就是“关中印象体验地”袁家村。

我去过袁家村两次，但都抱憾而归。2009 年，西安朋友开车陪我来的，说是让我感受别具一格的关中民俗游。在距袁家村约四公里远的地方车就堵起了长龙，车只能走走停停，龟速前进。从西安出发，70 多公里的路，足足开了近六个小时。车开到袁家村口，又因停车位爆满，无奈之下只好

将车停到烟霞镇，再步行2.2公里到袁家村。游玩结束后，我俩才发现在袁家村竟然找不到可以住宿的农家乐。袁家村白天繁华的一切都随着夜幕的降临而变得安静和漆黑。2016年，我抽空坐火车再次去了一趟袁家村。上车后我发现，旅客很少，几乎没有游客。下车后发现，导致外省游客不坐火车的原因是礼泉县公交接驳不尽如人意。火车站没有开往各旅游景区的直达车，譬如去袁家村，要么坐公交到县城换乘前往礼泉县烟霞镇的班车，要么打的或拼车去，去昭陵也是如此。

五年过去，上述情况能否改变和解决，我还是蛮期待的。

礼泉县辖区内有古文化遗址21处，古建筑5处，以昭陵最为著名，是陕西省18个重点文物旅游大县之一。

在礼泉南站下车的旅客有百余名，多为来自银川、吴忠、庆阳等地的散客。站前广场有6路公交车和至袁家村的旅游专线车在等待，没有直达昭陵的旅游专线车，想去昭陵，只能坐6路公交车到县城，换乘礼泉至北屯的班车在昭陵博物馆下车，或者打的或拼车去（打的车费约80元，拼车车费约20元左右，中巴车费约10元左右）。袁家村到昭陵景区约10公里，没有公交，只能打车或坐摩的。

袁家村，礼泉县烟霞镇下辖村，位于昭陵九嵕山下。北宋建隆二年（公元961年），袁氏避战乱迁至此地，聚族而居，形成村落。康熙七年（公元1668年）山西郭氏迁入。其后，陆续迁入王氏、张氏。全村地势西北高、东南低，地貌分为南部台塬和北部丘陵沟壑区两大类，这里山多水少，全村400亩耕地大都分布在崎岖不平的古河道上。

“耕地无牛，点灯没油，吃粮靠救济，住房潮湿破旧，小伙子难讨媳妇，群众选不出‘好头’。”这是20世纪70年代之前袁家村的面貌。

1970—1978年，袁家村积极发展集体经济，打井找水、积肥改土，甩掉了贫困帽子，粮棉亩产量跃居陕西省前列。

1978—2005年，袁家村兴办乡镇企业，成为陕西著名的“小康村”。好景不长，随着国家产业政策的调整，村办企业因为产能落后，高耗能、高污

拍摄·曹文福

染业陆续破产倒闭。袁家村集体经济萎缩，青壮年劳力纷纷外出打工，袁家村逐渐沦为“东西一条街，南北两排房，工厂废墟多，环境脏乱差”的“空心村”。

2006 年，袁家村另辟蹊径，以关中民俗休闲体验为切入点，以西安市关注民俗文化人群为主要目标人群，通过集资的方式，筹措资金近亿元。针对村里没有古建筑的问题，袁家村从礼泉、山西运城购买三座古楼房，整体拆卸运回按原貌重建。2007 年景区开门迎客，让陕西人对乡村游的认知从院落式的农家乐，逐步开始接触乡村民俗游，几年间迅速火遍全国。

袁家村到底有多火？从 2007 年到 2011 年，袁家村每年的客流量接近 100 万。在 2012 年迎来爆发式增长，此后客流量以每年 100 万的涨幅递增，更难得的是，袁家村突破了乡村旅游日常客流难以均衡化、淡旺季明显的瓶颈，现在每天托底都是一万的客流量。2019 年，年接待游客超 580 万人次，旅游综合收入超 10 亿元，村民年人均收入 10 万元以上。

从率先发展民俗体验旅游到乡村度假再到农产品产业链，袁家村一步一个脚印，用自己独特的方式，探索出了一条“乡村振兴”的新路子，成为中国乡村旅游的样板，也创造了“袁家村模式”——发展就是“无中生有”，一步步把不可能变成可能，实现全村村民共同富裕。原来只有 62 户 286 人的小村庄，如今汇聚了 1000 余名创客，解决了 3000 多个农民的就业问题，间接带动周边 10 余个村庄近万人就业致富。

袁家村被称为“陕西的丽江”，是陕西省乃至全国颇受欢迎的乡村旅游胜地，先后获得“中国十大美丽乡村”“全国乡村旅游示范村”“中国最有魅力休闲乡村”“国家特色景观旅游名村”“全国一村一品示范村”“中国乡村旅游创客示范基地”等殊荣。

袁家村乡村旅游的快速发展，被外界认为是一个神话，袁家村模式、概念、品牌、产业链几度成为全国各地乡村旅游发展复制、嫁接、克隆、移植的标本。

第三次来袁家村，五年来这里又变了不少，与 2007 年开业相比，景区的规模已经扩大了三倍，四面建了城门。

村口新建的 600 亩停车场，可容纳 1.5 万辆车停放。据车场管理人员说，为了避免游客停车难的问题，景区还开辟了临时停车位，游客再也不用担心没地方停车。

走进袁家村，村落内，土地平旷，屋舍错落，绿树成荫，流水环绕，街巷交错，鸡犬相闻。

一条条的巷子里青砖灰瓦、雕梁画栋的传统汉中建筑鳞次栉比，透过门窗向屋内望去，一家家特色十足的手工坊里有的烙饼，有的做面，有的点制豆腐，有的现磨香油……小店林立，种类各不相同，这盛况仿佛一秒穿越回了盛唐时期的关中。

除了关中小吃街外，又相继开发了康庄老街、书院街、酒吧街、艺术长廊、祠堂街、回民街、南货街等，其中小吃主要以小吃街、回民街、祠堂街、书院街为主。除此之外，还新添了体验项目，比如 VR 科技关中大观园、省内最大的室内运动中心 · 旅者营地……

袁家村因关中小吃街爆红，小吃街依然是袁家村最大的 IP。关中美食，袁家村已抢占了“先机”，并把这个特色做到了令后来者望尘莫及的地步。咸阳近年来兴起的美食街，无论是泾阳的茯茶小镇，还是兴平的马嵬驿、宏兴码头，都不足以撼动袁家村关中小吃街的地位。小吃街是吃货的天堂，没有你吃不到，只有你想不到，就算你住上个两三天，不停地吃，也不带重样的。

祠堂街面积比较大，来头也不小，里面汇聚了 80 多家全国各地的特色小吃，家家经营风格不同，口味不同，各有各的特色，各有各的卖点，像四川成都担担面、东北干肠红肠、安塞王家湾地椒羊肉等等。节假日期间，每晚都会有千人火锅宴供游客享用，使用重庆正宗祖传秘方熬制的火锅料，加上新鲜的食材，吃起来那叫一个过瘾。除了小吃，还有打铁、剪纸、竹编工艺、泥人文化馆等民俗类手工艺品以及百年老字号的传统手工作坊，真切地让游客们感受到传统民俗文化的精髓。祠堂街里包罗万象的文化在展示地域民俗文化的同时，也保护和传承着传统民俗文化。同时，祠堂东街充满了浪漫和文艺的气息，有许多网红小店坐落于此，在这里逛的话，总感觉自己像在云南丽江，真的美不胜收。

袁家村的回民街是西安回民街原汁原味的缩小版，听当地人说，为了保证回民街美食味道的正宗，西安回民街六十多家店进驻袁家村时都是老板亲自带队。在这里你可以吃到牛羊肉泡馍、羊杂汤、粉蒸羊肉、羊肉饼、胡辣汤、凉皮、米皮、韭饼、镜糕、甑糕、羊肉臊子饸、黄桂柿子饼、蛋花醪糟等多种小吃。

在老孙家泡馍店，我要了一份羊肉泡馍。羊肉泡馍是我的最爱，它经济实惠，花上几块钱就能美美地吃一顿，既解馋又充饥。北宋大文学家苏东坡曾有“秦烹惟羊羹，陇馔有熊腊”的赞美诗句。馍掰好后，把碗送给老板，不一会儿一碗热气腾腾的羊肉泡馍出现在我的面前。碗里飘满油花，还有又肥又大的羊肉片和细长的粉丝，使人馋涎欲滴。尝上一口，我问:“老板，你这羊肉不是本地羊吧？”老板说:“看来你去过惠安堡，这羊肉是我那儿的朋友坐高铁送过来的。”我不禁讶然，想到盐池县农业农村局副局长冯彦东“西安的羊肉泡馍如果用上盐池的羊肉会更美味”的话，我不禁为自己今日的口福庆幸。

“银西高铁开通后，宁夏、甘肃旅游散客现在多不?”我问。

“宁夏、甘肃的旅游散客过去也能见到，但多半是在大假时，如寒暑假期，春节呀、十一呀！高铁开通后，双休日散客数量明显多了，星期六来，星期天回。”老板道。看来，银西高铁让原本最难以跨越的空间距离和心理距离大幅缩短，袁家村客源市场所辐射的半径也日渐扩大。

在书院街转，会让人感觉到了江南水乡。各种各样的店铺里商品琳琅满目，足以让大家挑花了眼。在书院街你不仅可以遇到老上海风情的店铺，还可以遇到诸如“悟本堂”一样的特色建筑。

艺术长廊里有一群热爱创作的年轻人、很有才情的设计师、民间的手艺人和艺术院校毕业的学子。这里也是时尚设计的聚集地，他们的出现让袁家村多了青春和文艺的气息。陶器、布艺、雕刻、油画、泥塑……各种手工艺品，还有结合地方特色而定制的文创产品，如手绘地图、明信片、手工制品等聚集在这里。你可以在艺术长廊这条街里感受文艺气息，购置一些手工艺品，不管你进到哪家店铺，都会被深深吸引。

千年古槐边，一家茶楼傲然而立，一个个大茶壶里煮的不仅是茶，还是那在无声无息中悄然流走的岁月。要是转累了，就在茶坊歇歇脚，品一壶地道的土炉茶，听几折子秦腔戏，那份恬淡与闲适，对久居都市的人来说是多么的难得和惬意。

颇具时尚气息的酒吧街是袁家村的另一面。这里远离城市。每当夕阳西下、倦鸟归巢、灯光四起，这里的民谣会让你完全忘记这里是乡村还是城市。这是一种时尚、一种文艺、一种放松、一种享受，不由让你放慢脚步，去感受岁月静好。你可以邀三五好友，来一杯酒，絮叨絮叨生活，让情绪飞扬，微醺或者小醉都不伤大雅。你也可以点一杯咖啡，一个人静静发呆，放飞思想，人生的惬意不过如此。虽然那老车轮上的吧台，特色木轮吊灯依然透着关中民俗的特色，但这种传统与时尚的完美结合，带给你的是一种碰撞、一种融合。

星巴克入驻袁家村让我很吃惊。因为星巴克对于门店的选址上，一直有着极其严苛的选择标准，从来都是有大数据做支撑的。袁家村是星巴克在中国乡村的第一个据点！星巴克的入驻，显示出了袁家村巨大的商业潜力和未来广阔的投资前景。

目前袁家村已建成26家以关中民俗风情体验为主题的客栈。在村子里住上一个晚上，看一场室内大型关中民俗情景体验剧《再现袁家村》或地道的陕西皮影，和村子的老乡拉几句家常，听几声地道的陕西秦腔，逛一逛村子的夜景，体会一下夜晚村庄的宁静，紧张、忙碌的身心便有了诗意停靠的地方！

一圈逛下来，我发现无论是内部业态升级，还是对外输出模式，袁家村都“动作”频繁，实现了阳光下的袁家村向月光下的袁家村的转变，成为既有民俗风情，又有创意文化，既有田园风光，又有都市时尚的乡村旅游和休闲度假胜地。面对银西高铁给游客出游带来的极大便利性和散客自助游发展趋势，对相关服务内容进行科学调整，建立一套个性化的产品体系，提供一站式旅游服务，提供个性化旅游订制服务，如商务游、老年游、亲子游等，提升高铁站接驳效率，无缝衔接的交通方式，以便满足各个阶层人士的需求。这些极大丰富袁家村的业态布局，让袁家村从单纯的“美食网红地”升级为“一站式乡村休闲目的地”。不仅如此，袁家村品牌还辐射到了青海、山西、河南等地。

袁家村是一个让人觉得自己胃小的地方，是一个让人油然而生“久在樊笼里，复得返自然”感叹的地方。

袁家村是一个既有民俗风情又有创意文化，既有田园乡愁又有都市时尚的乡村旅游和休闲度假胜地。

现代与传统的巧妙碰撞融合，成就了现在这个古朴又时尚的袁家村。

旧，是传统的院落、古朴建筑、青灰台阶，是过往千年的岁月、故事沉淀出的历史韵味。今天很多人做民俗村，都只是把老物件摆在那。但袁家村的民俗是“活化”的，是能产生经济效益的，油坊是在榨油的，磨坊是在磨面的，是原始、真实、实用的民俗。

新，是时代的发展、崭新事物、鲜活人物、嬉笑怒骂，是当下日益更新、不断开始发生的生机故事。新与旧的更迭延长，造就了袁家村如今令人眷恋的魅力。

朝发凤城，午至关中。银西高铁的运行，不仅方便了百姓的出行，更是圆了大家在现代化生活中对话历史，在历史中品味时代潮流的梦。“过去宁夏人主要是自驾游来礼泉，来到袁家村，需要十个多小时。银西高铁开通后，大大方便了两地交往。下一步我们也希望走进宁夏，寻找宁夏民俗文化，来丰富我们袁家村的民俗旅游。”袁家村党委副书记师馨一说。

“过去从西安到礼泉，开汽车得两小时，高铁开通后，20 分钟便可到礼泉。袁家村必将迎来全国各地的美食爱好者，我们将一如既往把好质量关，保持新鲜口感，让更多人品尝并喜爱关中美食。”袁家村村委会主任王创战说。

拍摄 · 刘翔

第三章

悠久历史

乘着高铁，重走丝绸之路

作者 钟琪

丝绸之路是古代亚欧大陆的商贸往来和文明交往之路，将中原与西域连接在一起，不仅通过物品的交换带来商业繁荣，也促进了多种文明的融合。

其中古长安是丝路起点，宁夏则是丝路国内段的大驿站。银西高铁从关中平原，涉水穿隧，经陇东高原，过戈壁沙滩，直到塞上江南，在很短的径路，穿越古人用慢悠悠的骆驼开通的这条商业和文明之路。

银西高铁沿线的萧关古道、古豳州、庆州古城、引黄灌溉古渠、贺兰山岩画、水洞沟古人类文化遗址等丰富的历史文化遗产，令人思绪联翩。游客似乎走进了一条时光隧道，驼铃声声，斜阳古道，农耕文明和游牧文明在碰撞中交融在一起。

‖ 丝绸之路起点：十三朝古都西安 ‖

西安，古称长安、镐京。长安自古帝王都，拥有五千多年文明史、三千多年建城史，西周、秦、西汉、隋、唐等十三个王朝曾在此建都，建都史长达千年，是中华文明和中华民族重要发祥地之一，也是丝绸之路的起点。

作为世界四大古都之一，西安历史厚重，众多历史遗迹保留完好。无论是走在城墙下，还是漫步在街市小巷，触摸多是秦砖汉瓦，极目尽是汉唐气息，时刻都能感受到这座古城几千年的历史传承，所谓“五千年中国看西安”，此言不虚。

现在的西安交通十分便捷，仅以铁路为例，西安北站、西安站有开往全国各地的动车和普铁，作为现代人，可以非常方便地去自己想去的地方。时光倒移，在冷兵器时代，去远方却非易事，故而，丝绸之路的开通，对民族的发展影响深远。

西汉时期，汉武帝先后两次派张骞出使西域，跋山涉水，克服重重困难，终于使陆上丝绸之路全线贯通，随后，中原和西域开展商贸文化交流。我们不但可以在陕西历史博物馆看到异域文明的光彩，就是走在大街小巷，也到处有外来文明遗留的痕迹。

钟　楼

西安是一座慢节奏的城市，“晨钟暮鼓”，城市随着清晨的钟声慢慢喧哗起来。康朝钟楼报时的“景云钟”，为唐朝景云年间铸造，现存西安碑林历史博物馆。我们在钟楼看到的，是可以和原钟相媲美的一件仿制品。钟楼始建于明太祖朱元璋洪武十七年（公元 1384 年），因楼上悬挂铁钟一口而得名，最初建在今广济街口，与鼓楼对峙，后搬迁至今址。

关于钟楼的传说有许多，其中流传最广的，讲先前关中是一望无边的海水，而海水并非河流汇聚而成，是从钟楼这个位置的海眼中涌出的。海里有一只巨型乌龟，经常闹腾。沧海桑田，白云苍狗，到了后来建长安城时，城内地下不断涌出汹涌之水，淹没房屋，冲毁道路，长安城大有变为泽国之势。后来大家挖掘寻找，终于在钟楼这儿找到了巨大的海眼，故而在此处修了座钟楼盖住了海眼，并将乌龟镇于楼座之下，终保住了一方平安。传说很神奇，有兴趣的朋友可以在夜晚到钟楼附近仔细聆听，据说夜深人静时，能听到海水涌动的响声。

作为西安地标式建筑，钟楼呈典型明代建筑艺术风格，重檐斗拱，攒顶高耸，屋檐微翘，华丽庄严，整座建筑为砖木结构，重楼三层檐，四角攒顶的形式，总高 36 米，每边长 35.5 米，占地面积 1377 平方米，是中国古代遗留下来众多钟楼中形制最大、保存最完整的一座。钟楼内有楼梯可盘旋而上，在檐上覆盖有深绿色琉璃瓦，楼内贴金彩绘，画栋雕梁，顶部有鎏金宝顶，金碧辉煌，无论规模还是细节，无不体现出高超的建筑技艺。

在钟楼一层大厅的西墙上，我们看到一方明朝万历年间陕西监察御史龚懋贤撰写的《钟楼东迁歌》碑：

西安钟楼，故在城西隅。徙而东，自予始。楼维筑基处，一无改创，故不废县官而工易就。无何，予告去，不及观其成。漫歌手书，付咸、长二令。备撰记者采焉。歌曰：羌此楼兮谁厥诒？来东方兮应昌期。挹终南兮云为低，凭清渭兮衔朝曦。鸣景阳兮万籁齐，彰木德兮奠四隅。千百亿祀兮，钟虡不移。

移步二楼，可以看到东西南北四条大街上的车水马龙，不同于其他山城随地形蜿蜒，四条主街道以钟楼为中心，向东西南北延伸，皆为正东、正西、正南、正北，极好辨认方向。钟楼远眺亦能看到现在仍然保存完好的古城墙。过去城墙四围以内是主城区，这也是西安被称为“四方城”的由来。当然，这也体现了关中农耕文明的印痕，“日出而作，日落而息”，在关中许多农村，依然能看到规模大小不一四方城墙的遗迹。

钟楼四门门柱，各书有一副楹联，这也是关中文化的特色，每逢春节，不说显贵门庭，哪怕是僻壤小户，也要书写对联贴于门上。其中钟楼北门书有楹联“八百里秦川文武胜地，五千年历史古今名城”，充分体现了古城的历史内涵；西门楹联“十代京畿六合一统，九州奥域八水分流”，则突出了古都政治中心的地位和地形的特点。

古长安外有东函谷关、西大散关、南武关、北萧关四关险隘，内有护城河和坚实的城墙护卫，甚是安全。城外还有八支不同的河流，不但起到防御作用，更重要的是可以防洪分水，此即为“八水绕长安”。长安建城以来，也确实“长久平安”。古人早早发现了这块风水宝地，早在百万年前，蓝田古人类就在这里建造了聚落；七千年前仰韶文化时期，这里已经出现了城垣的雏形。

“长安大道沙为堤，早风无尘雨无泥。”清晨，站在钟楼上，远望城中那些遗址，似乎从古道上传来了嗒嗒的马蹄声和清脆的驼铃声，皇家的仪仗、上朝的官员、传教的僧侣、牵着骆驼穿行的商贾，还有各地的遣唐使、留学生，风流云集、宫阙万重，好一幅“九天阊阖开宫殿，万国衣冠拜冕旒”的盛世华章。

古城墙

西安最有厚重沧桑感的地方，莫过于黄昏时分这座古城的城墙根。夕阳的余晖倾斜在青灰石砖上，浸润了岁月风霜的墙面，时明时暗的青苔一片斑驳，暗藏着无数刀光剑影的故事；护城河水清澈宽阔，城楼巍峨的倒影在水中随微风荡漾，似乎在讲述着历史的烟云。敦厚凝重的城墙上，那些随风摇曳的红灯笼，醒目而活泼。

城墙边跑火车亦是古城一景。随着动车的开通，朝阳中，土灰色的城墙边，银白色的动车组似箭一般穿梭而过，古朴与灵动相映成趣。

西安城墙建于明朝，故又称为明城墙，距今已有六百多年历史，是我国现存最完整的一座古代城垣建筑。墙高 12 米，底宽 18 米，顶宽 15 米，东墙长 2590 米，西墙长 2631.2 米，南墙长 3441.6 米，北墙长 3241 米，轮廓呈封闭的长方形，全长 13.74 公里。人们习惯称城墙内为古城区。

城墙厚重结实，宽可走马过车，其最底层用土、石灰和糯米汁混合夯打，随后用黄土分层夯打而成，内外壁及顶部则砌上青砖，许多青砖上刻有匠人之名。城墙顶面并不平整，而是有斜坡，便于排水，这是古人设计的精妙之处。城墙上修有角楼、墩楼，主要用于在高处观察敌情、防御四面入侵之敌。设有射箭方孔和掩藏瞭望凹口的内侧那段矮墙称为女儿墙。墩楼则设置在城墙外侧，从城墙向外伸出，俗称敌台，以防敌人爬城攻击。距介绍，城墙上共建有墩楼 98 座，垛口 5984 个，从数量之多设置之密集，亦能看到以前城墙在保护城池安全中发挥的作用。

站在城墙上，脚下厚实的砖块，传递着历史的厚重，像是一部无字的史书，墙檐、垛口处，处处能看到岁月的痕迹，刀兵车马、攻城略地、朝代更迭，似乎就在眼前，不由引人进入深沉的遐思。只是身边不时有在城墙上骑自行车的游客的嬉闹声，一下又把人从千年前拉回到现实。

城墙是中国古代城市重要的防御设施，西安古城墙包括护城河、吊桥、闸楼、箭楼、正楼、角楼、敌楼、女儿墙、垛口等一系列军事设施，构成严密完整的军事防御体系。在城东距今六千年前的半坡遗址处，半坡人在居住地周围便挖掘深沟，以提防野兽和外部落的袭击，深沟实际也类似于城墙的设施。

作为防御性工程，城墙共有五道防线。城外的护城河为第一道防线，

拍摄 · 张德勇

河上设有吊桥，是进出的唯一通道，每逢战时，收起吊桥，便把敌人阻拦在河对岸。现在南门还保留有吊桥，也经常举办入城仪式。城门外的闸楼，常设有卫兵瞭望报警，为第二道防线。闸楼后边便是箭楼，高三十余米，外面墙体笔直，箭孔密布，这是第三道防线，敌人若攻到此处，就显示情况很危急了。

“瓮中捉鳖”的成语，便来源于瓮城这第四道防线。箭楼和正楼之间称为瓮城，放敌人进入此处，收吊桥，关城门，居高临下放箭击杀之，恰如瓮中捉鳖。历史上宫廷之变，多在瓮城设伏用兵。第五道防线当然是正城门了，若敌兵攻破此门，则大势已去，只能进行有限的巷战了。

“百千家似围棋局，十二街如种菜畦。”站在城墙上俯瞰，对四方城的棋盘式布局会有更深的感受。现在的西安城基本上保留着隋唐时古城中轴对称的格局，有四座主城门沿用至今：东长乐门，西安定门，南永宁门和北安远门，十一条南北向大街和十四条东西向大街将外廓城划分成棋盘式格局；古城北部正中设置宫城，其南另筑皇城以置中央衙署，使宫城、皇城与城外有了严格的区域与功能的划分，也是中国里坊制封闭式城市的典范，作为隋唐文化的象征，对当时东亚及中国后世都城建设产生了深远的影响。

随着时代变迁，为出入方便，又陆陆续续开辟了以杰出的革命先行者的名字命名的中山门、玉祥门、勿幕门（为纪念陕西革命先烈井勿幕先生）；有鲜明时代特征的和平门、建国门；还有体现历史文化传承的朱雀门、含光门。目前，西安城墙已有城门十八座。其中南门历史最悠久，建于隋初（公元 582 年），开始叫安上门，明代改名永宁门，也是现在城墙各门中保存最完整的一座，本身也已成为历史文物的一部分。朱雀门是盛唐长安皇城的正南门，门外便是中央朱雀大街，皇帝常在此举行庆典活动。文昌门则是因文昌星而得名，此处城墙上建有魁星楼，也是西安城墙上唯一一处与军事防御无关的设施。魁星楼内供有腰挂酒葫芦、蓬头虬髯、捧斗执笔的文昌星。钩沉一座座城门的故事，亦能窥探出历史的变迁。

从垛口处眺望，街道宽敞齐整，车流人流交错如织，远处高楼林立，处处显露出繁华都市现代化的气息；护城河一侧，环城公园的绿荫下，有人在散步，有人对着城墙根吼着爽快的秦腔，酣畅淋漓的腔调，又充满历史的沧桑。

兵马俑

尽显大秦军力强盛、磅礴气势的，当属秦始皇兵马俑。看到兵马俑坑中兵阵的恢宏之势，穿过历史的云烟，似乎能看到始皇帝“执敲扑而鞭笞天下，威震四海”的气势。

秦始皇兵马俑博物馆位于临潼区城东，南倚骊山，北临渭水，史载是一龙兴之地。作为统一六国的始皇帝，“奋六世之余烈，振长策而御宇内”，创下了不世伟业，自然也希望这基业可以成为“子孙帝王万世之业”。这也是兵马俑的由来。

由西安主城区前往临潼的交通十分便捷，除了自驾、公交车，西安到临潼之间的铁路也实现了公交化开行，时间短、舒适，是相当不错的选择。

作为古代墓葬殉葬品的一种，兵马俑里的战马、战车和兵将的塑像，是秦军的一个缩影。坑内数千件魁伟英武的兵将，以真实的作战阵列整齐有序地排布在不同位置。马有的双耳竖立，有的张嘴扬蹄；兵士手执青铜兵器，装束有别、神态各异，依神情、手势，亦能辨别出步骑不同兵种、将官不同身份，与实际作战相类，勇士千年依然威猛，“秦王扫六合，虎视何雄哉！挥剑决浮云，诸侯尽西来。”眼望气势雄伟的兵阵，瞬间时空凝固，耳边似乎响起了千军万马的呐喊嘶鸣。

秦始皇兵马俑大约修建于公元前 246 年至公元前 208 年间，据《史记》载，秦陵“以水银为百川江河大海，机相灌输，上具天文，下具地理。以人鱼膏为烛，度不灭者久之”。

现已发现的三个兵马俑坑成品字形排列，布局合理，结构奇特，在深五米左右的坑底，每隔三米架起一道东西向的承重墙，与真人、真马大小相似的陶俑、陶马则排列在墙间空当的过洞中。内有骑兵和步兵等不同的兵种，身着铠甲，胸前有彩线挽成的结穗，排列整齐有序，军威俨然；手中所执青铜兵器至今仍光亮锋利，充分展现了几千多年前巧夺天工的艺术。秦始皇兵马俑被誉为“世界第八大奇迹”，也是中国最大的古代军事博物馆。

据介绍，兵马俑坑是地下坑道式的土木结构建筑，即从地面挖一个深约五米的大坑，在坑的中间筑起一条条平行的土隔墙。墙的两边排列木质立柱，柱上置横木，横木和土隔墙上密集地搭盖棚木，棚木上铺一层苇席，再覆盖黄土，从而构成坑顶。坑顶高出当时的地表约两米。俑坑的底部用青砖墁地。坑顶至坑底内部的空间高度为 3.2 米。陶俑、陶马放进俑坑后，用立木封堵四周的门道，门道内用夯土填实，于是就形成了一座封闭式的地下建筑。

“秦兵耐苦战”，从一号俑坑能看出秦兵的勇猛，该坑是一个以战车和步兵相间的主力军阵，坑内六千余陶人陶马，井然有序地排列成环形方阵。坑东端有三列横排武士俑，手执弓弩类远射兵器，似为前锋部队；其后是身着铠甲的主体部队，手执矛、戈、戟等长兵器，同 35 乘驷马战车在 11 个过洞里排成 38 路纵队。武士俑身高约 1.7 米，手执的青铜兵器为当时的实战武器，尽管兵士胖瘦、脸型、表情、眼神各有差异，但皆孔武威猛，敦实有力。

二号俑坑平面呈曲尺形，由骑兵、步兵、弩兵和战车混合编组的大型军阵。从中除了能一窥秦军当年“一扫六合”的恢宏气势，也能看出在冷兵器时代，秦军已经能熟练运用“多兵种联合作战”。

三号俑坑不但出土的彩陶较多，而且与前两座大量出土兵俑不同，坑内仅出土 68 个陶俑和 4 马 1 车，从“凹”字形的布局和内部车马排列来看，应为统领三军的指挥部之所在，该坑与一、二号坑是一个有机整体。

大雁塔

大雁塔不仅仅是一座承载着历史记忆的地面建筑，是佛塔融入中华文明的典型物证，还是世界文化遗产“丝绸之路：长安—天山廊道的路网”中的一处。

大雁塔建于唐高宗永徽三年（公元652年），是典型的唐风建筑艺术，穿越千年，依然高耸。因塔坐落在慈恩寺，故又名慈恩寺塔，玄奘法师求取的经书和舍利便藏在此塔之中。

玄奘的西行之旅，架起了中原与西域交往的桥梁，也为古丝绸之路增添了经济、军事之外的文化内涵。

贞观三年（公元629年），玄奘前往古印度佛教中心那烂陀寺取佛经，历经千辛万苦；19年后，玄奘带着657部佛经抵达唐朝都城长安。当时唐太宗正在经略西域，玄奘对西域的自然、气候、交通、民族和政治文化的熟悉让求贤若渴的唐太宗惊喜异常。可玄奘志在弘扬佛法，婉拒了入朝做官的要求。随后，玄奘在长安设立了译经院，并在大慈恩寺建成后担任主持。

大慈恩寺位于古城西安南郊，是世界闻名的佛教寺院。作为唐代长安的四大译经场之一，大慈恩寺也是中国佛教唯识宗的祖庭，迄今已有1300多年的历史。该寺是贞观二十二年（公元648年）唐高宗李治为太子时，为报答生母文德皇后的慈恩，奏请太宗敕建佛寺。寺建成之初，迎请高僧玄奘担任上座法师。显庆元年（公元656年），唐高宗亲笔御书《大慈恩寺碑记》，此后寺院便被称为“大慈恩寺”。

不忘初心，方得始终。玄奘舍弃朝廷高官厚禄，一心译经弘法，并利用间隙完成了著名的《大唐西域记》。《大唐西域记》以玄奘的亲历亲闻，对唐初西域的情况，作了更为翔实的记述，为唐代的丝绸之路西域段留下了极为珍贵的文献资料，也是后世研究中印文化交通及中亚沿革地理之瑰宝。

在大慈恩寺正门广场上，现立有玄奘的高大佛身，旁边便是著名的大雁塔。清晨朝阳初升，虽历经千百年沧桑岁月，法师向善渡人的佛音袅袅似在耳旁。霞光下庄严的法像，让时间瞬间凝固，让人内心一片清凉。

大雁塔是楼阁式砖塔，初建时只有五层，武则天时重修，后来又经过多次修整。现在大雁塔有七层，共 64 米，呈方形角锥状；塔身为青砖砌成，各层壁面作柱枋、栏额等仿木结构；每层四面都有券砌拱门，其中二层供奉着一尊铜质鎏金的佛祖释迦牟尼佛像，三层供奉着珍贵的舍利。

“四角碍白日，七层摩苍穹。下窥指高鸟，俯听闻惊风。”作为西安标志式建筑，造型简洁、气势雄伟的大雁塔是我国佛教建筑艺术的杰作。大雁塔底层南门两侧，镶嵌着唐代著名书法家褚遂良书写的两块石碑。一块是《大唐三藏圣教序》，另一块是唐高宗撰《大唐三藏圣教序记》，是褚体书法的代表之作。碑侧刻有蔓草花纹，造型生动，是研究唐代书法、绘画、石刻等艺术的重要文物。

“塔势如涌出，孤高耸天宫。登临出世界，蹬道盘虚空。”自唐中期始，每次科考试后，新科进士都要至大雁塔登高，留诗题名，这就是“雁塔题名”的由来。

当年高中进士的少年才俊白居易，登塔远眺，鸟瞰长安，意气风发，触景生情，留下了“慈恩塔下题名处，十七人中最少年”的名句。

秦汉文化重要发祥地：咸阳

“咸阳宫阙郁嵯峨，六国楼台艳绮罗。”咸阳曾是秦国的国都，凤阁龙楼，上林苑囿，连绵八百里，“渭水贯都，以象天汉，横桥南渡，以法牵牛。”咸阳宫曾写满大秦的奢华。秦自西犬丘、雍城八迁东进而至此地，不仅是逐鹿中原的军事图略，也浓缩着秦从游牧小族渐变为农耕定居、终一统天下的轨迹，咸阳至今仍保留着农耕文明的许多习俗，街市小巷的一砖一瓦都承载着历史的记忆。在这里，能触摸到传统文化的根茎。

咸阳交通便捷，陇海铁路干线穿城而过，与徐兰高铁共设高普混合的咸阳西站；银西高铁亦设有咸阳北站，出站便是繁华的市区，或漫步街头感受秦汉古脉，或选择公交寻迹访胜，都十分方便。

作为中原王朝通往大西北的要冲，这里不仅是“车辚辚，马萧萧，行人弓箭各在腰”的军事重镇；也是商贸兴盛、商贾云集之地。

历史上这里名流辈出、典故遗今，既有约法三章、秦镜高悬、一字千金的信义之诺；又有老当益壮、马革裹尸、完璧归赵的豪杰英气，更有图穷匕见、壮士血溅大殿的悲壮传奇。立木为信，影响历史进程的商鞅变法即始于此地，同样发生在这里的“指鹿为马”则演绎着历史的荒诞。秦始皇雄心欲创万世之业，没有败于兵锋，却毁于近臣弄权，其典亦为后世留下讽喻之鉴。

从“执敲扑而鞭笞天下”的威震四海到灰飞烟灭，秦仅历二世存十四年，其亡何其速焉。贾谊留有名篇《过秦论》，洞察甚切，历代阅史至此，每多慨叹。

千秋兴亡亦烟云，秦虽匆匆，车同轨、书同文、行同轮、币同一；设三公九卿、置三十六郡等，开创的一系列秦制却穿越历史时空，影响深远；关中之固，金城千里，作为立国根基，咸阳多为后世王朝所青睐。“渭城朝雨浥轻尘”，古老的渭水穿过厚实的土塬，使这座千年古都既粗犷敦厚又温润厚重。

咸阳位于关中平原腹地，土地肥沃，位置险要，北有关中通往河西走廊的泾河谷地；南扼渭水漕挽天下；西通陇西；东处泾渭交汇地带，因“渭水穿南，嵕山亘北，山水俱阳”而得名咸阳。自公元前350年秦孝公迁都于此，历经六代励精图治，至公元前221年秦始皇统一中国立都于此，咸阳见证了大秦的巅峰时刻。作为八百里秦川的福地，咸阳已有两千多年悠久历史，素有“秦都”“帝陵”之称。

“渭水桥边不见人，摩挲高冢卧麒麟。千秋万古功名骨，化作咸阳原上尘。”秋风斜阳，高天厚土，在北边的咸阳原上，是昔日帝王们的陵阙，绵延百里，举目土丘，“帝陵”之谓果然不虚。

仅五陵原上就长眠着二十八位汉唐帝王，其中汉武帝刘彻的茂陵规模宏大，叹为观止；唐太宗的昭陵不但陵园广阔、陪臣众多，已出土的石雕“昭陵六骏”因代表着盛唐气象成为艺术珍品。依山为陵、仿长安城而建的乾陵则最有特点，该陵为唐高宗李治与武则天的合葬墓，石碑石刻气势威严，仅已开掘出土的文物也令人震惊，石雕、壁画和唐三彩，被誉为“乾陵三绝”。瓦蓝的天空下，绵延的黄土塬是昔日帝王们选中的宝地，透过苍凉幽古的陵冢，是否能听到历史的回声？

咸阳古渡

“渭水黄花古渡头，山河表里几千秋。”作为历史上著名的“关中八景”之一，咸阳古渡浓缩着千年变迁，已出土的西域诸多珍品、佛像文物重现了昔日古丝绸之路商贸的繁荣。乘着高铁倏忽而至，伴着秋风踏上宏伟的大桥，望着流淌而过的河水，耳边似乎能听到沧桑的摇橹号子声，驼铃叮当，战马嘶鸣，袅袅的水雾中，弥漫不散的，还有那“飞渡秦川一叶舟，乡心感触白乌头”的感怀。

渭河是黄河最大的支流，横贯关中，咸阳古渡是渭河在咸阳的渡口。“文定厥祥，亲迎于渭。造舟为梁，不显其光”，《诗经》中周文王在渭水之滨，以舟搭桥迎娶的场景是关于咸阳渡口最早的文字记载。

“道连四国关山远，域达诸边气势雄。”咸阳古渡是古长安通往西北西域诸国和西南巴蜀的咽喉要道，冬春水浅，架设便桥；夏秋水涨，则舟楫相渡。自商末始，从秦代的“横桥”到西汉的“渭桥”，经唐代的“便桥”至明清的“古渡口”，千年变迁，历史悠久。留于史册的便有千家渡、中桥渡、嘉麦渡、渭阳渡、段流渡、两寺渡、西吕渡、麻寺渡等多处古渡口。作为繁忙的商贸运输通道的必经之口，咸阳古渡商贾行人，络绎不绝，关中之盛，尽隐其间。

“临流不见褰裳客，冬自桥梁夏自舟。”今渡口遗址便是汉唐西渭桥旧址，从最初的一叶扁舟，一根蒿，欸乃号子渡客过，逐渐演变为渡船如梭，码头喧闹，集市连片，从渡口的变迁也能一窥帝国的兴衰、朝代的更迭，农耕文明与游牧文明的交融，更多的则是生民的离别、生息，“欸乃之号，彻夜不息”。

“劝君更尽一杯酒，西出阳关无故人。”到了河西走廊尽西头的阳关，那儿故人就少了；作为通往西域的第一渡口，这里是著名的送别之地，留下许多写满友情的诗篇。过了渭城驿，“秦地有吴洲，千樯渭曲头”，渡口也是古代中西贸易的发端之地，车水马龙，帆樯林立，商旅、马帮、驼队川流不息，一派繁华。

这里还有单骑退敌、化干戈为玉帛的遗篇，最著名的莫于过于唐太宗“便桥会盟”的传奇。公元 626 年唐太宗刚登基，突厥颉利可汗即率大军兵临渭河便桥，唐太宗亲自带领高士廉、房玄龄等六骑出长安城径直到渭水之滨，与颉利可汗隔水而语，颉利可汗为唐太宗气魄所动，遂请和，“斩白马，与颉利盟于便桥之上”。历史上称为“渭水之盟”。

如今在咸阳渭城桥附近渭河南岸河道中仍矗立着数十根遭受火焚、几近腐朽的木桩，此即为古渡遗址，写满沧桑，又倔强昂首！

面食故里

咸阳位处关中盆地中部，泾、渭二河流淌而过，土壤肥沃，是中国农耕文明的发祥地之一。早在4800多年前，周代的先祖后稷就在今天的咸阳教民稼穑，开始种植粮食作物。“务耕种，行地宜”，至今仍有“教稼台”遗址留存。

“其民勤稼穑，植五谷。”周先祖勘察水源，沿泾水从陇东逐渐东移豳邑，又南涉渭河，伐木采石，“彻田为粮”，“取厉取锻”，不断开发肥沃之地，逐步完成了游牧民族向定居的农业民族的过渡，“水流灶下，鱼跳入釜。泾水一石，其泥数斗。且溉且粪，长我禾黍。衣食京师，亿万之口”。丰饶的物产促进了人口增长和经济发展，也形成了浓厚的麦黍文化氛围，许多习俗保留至今。

四季分明，雨水充沛，从种麦开始，二十四节气在农耕文明发祥地有最充分的体现。“白露之前卸核桃，前后十日种麦好。两头套犁中间耧，农家秋种无闲牛。眼瞅籽眼手摇耧，脚踏胡基口吆牛。轻摇慢摆定稀稠，紧三慢三到地头。”这首《种麦歌》描述的便是种麦的时辰和技巧。

“面肚子”是对关中人以小麦粉为主食饮食习惯的俗称。把小麦研磨成粉制作面食，渐渐成为秦人延续生命的饱腹之物。到秦兴盛定都咸阳城时，面食制作更为精良。因锅盔等面食顶饱、扛饿，制作简单，没有烦琐的工艺，符合秦人倔强、怕麻烦的性格，已经成为秦人日常饮食。据载，锅盔最早源自秦军作战的军粮，硬面揉制，文火烤之，便于携带，存放期长，食之耐饿，也是“秦军耐苦战”的秘密之一。

“五月麦黄，龙口夺食”，五月无疑是关中大地一个盛大的节日，同时

拍摄 · 唐振江

形成了许多带着农耕文明印痕的习俗和传统。在没有机械化收割以前，收麦、晾晒、碾场、扬场，到颗粒归仓，麦草入垛，都不能单兵作战，需要众乡亲帮忙团队作业。尤其垒麦草垛场面宏大，技术含量高，“东边来呀，西边要呀，填心最重要呀！”一人立垛上指挥，众人用木杈往指定地点放，垒好的麦垛似馒头状，风吹不倒、雨淋不透，是人们冬季做饭取暖的燃料。忙毕，主人设筵盛情款待众乡亲，少不了一碗宽展、厚实的 biang biang 面，这也是流传至今的重要习俗。

“走，咥面去！”是秦人招呼客人的惯常用语。随意走在咸阳的背街小巷，除了秦砖汉瓦的厚重，多能看到一溜子的饭店匾额上写着“biang biang 面”。还未进店，离老远便听到大师傅执面两端，将面拽甩在案板上发出“biang、biang、biang”震响，实在是过瘾。

关于“biang”字，写法比较烦琐，字典里查不到，但当地人都能识会写。当你问到这个字怎么读？这是啥啥面时，他们都会自豪地告诉你：“一点飞上天，黄河两道弯，八字大张口，言字往进走，你一扭，我一扭，你一长，我一长，中间夹个马大王，心字底，月字边，挂个钩担挂麻糖，坐个车车逛咸阳。”末了，还会加一句，“咱咸阳是有文化的城嘛！”

“八百里秦川尘土飞扬，三千万人齐吼秦腔，吃一碗 biang biang 面喜气洋洋，不调辣子嘟嘟囔囔。”从街头民谚中不但能看出秦人对面的偏爱，粗犷豪爽的性情也袒露无遗。

沿着那条千年流淌不息的哺育秦人的渭河慢慢行走，当来到咸阳古渡码头时，也就找寻到 biang biang 面初始的扬名地。古时，这里是“东去函谷无二路，西出阳关第一渡”的交通要道，一年四季，人流络绎不绝；也是商业兴旺之地，面馆林立，商贾云集。驼队马帮歇脚住店，都要吃碗面，渐渐地，可口耐饥的“咸阳河水 biang biang 面”的盛名便从这里传出去了。有人戏称秦人很好辨认，长得像兵马俑的就是。若饭时见碗大似海盆，面宽如裤带，有凳子不坐蹲起来，这样霸气吃相者，定是秦人也！

千年帝都的文化底蕴和民俗内涵自然也浸染到日常生活中和饮食上。在这里，吃面就是穿越时空，回望历史，感受生命繁衍不息的律动。

中华民族早期农耕文明的发祥地：庆阳

庆阳位处甘肃东部、陕甘宁三省区的交会处，是黄河中下游黄土高原沟壑区，素有“陇东粮仓”之称，也是陕甘宁革命根据地的重要组成部分，被誉为“永远的红区”。

庆阳有着悠久的历史。早在七千多年前，庆阳就有了早期农耕，四千多年前就开启了农耕文明的先河。庆阳也是中国中医药文化的发祥地，古老的中医名著《黄帝内经》便问世于此。

这里还隐藏着一个亿万年前远古时代的秘密，原先此地河湖密布、水草丰美，是远古“环江翼龙”和“黄河古象”的故乡，环江翼龙其翅展开两米有余，既能上天，又能下水；黄河古象体长八米、高过四米，其化石一出土便震惊考古界。

随着银西高铁的建成通车，便捷的交通使得更多的人来探究寻访这方水土历史文明的踪迹。

动车涉水过河，穿隧过山，一出关中大地，车窗外山峦接着平川，沟壑梁峁相连，高天白云下能看到一大片一大片绿色的田野，这里便是有“天下黄土第一塬”之称的董志塬。

高铁庆城站修建很气派，站台、旅客出入站的流线设计合理，从车站到城内接驳约有十几分钟的路程。我们在庆城时，下着雨，空气清润，也切实感受到了“陇东粮仓”的名不虚传。

庆州古城

庆州古城历史悠久，古为禹贡雍州之域，其史可上溯到20万年以前。20世纪20年代在庆城辛家沟出土的打制石器，可以证明那时就有人类在这块土地上刀耕火种，繁衍生息。据史载：“宁、原、庆三州，秦北地郡，为义渠戎地，周不窋、公刘居之。”庆州是周祖发祥之地。

庆城位于甘肃省东部，泾河上游，四面环山，两水绕城，古城所在地庆城县有着悠久的历史。夏、商时称鬼方，为周先祖公刘邑地。西周时称北豳，春秋战国为戎狄之地，曾属义渠戎国。秦昭王三十五年（公元前272年），秦灭义渠戎国，置北地郡，沿至汉、晋。南北朝西魏时改置朔州，辖彭阳、阳周、豳州赵舆郡、定安县、襄乐郡、襄乐县、独乐县。其中庆城以“庆”为地名始于隋，隋文帝开皇十六年（公元596年）置庆州，治在庆城。宋徽宗宣和年间升庆州为府，因城在山之南水之北而定名为庆阳府。后，庆阳之名方见于史册，并沿用至今。

与其他千年古城多为断垣遗址不同，自周先祖不窋削土筑城以来，庆州古城距今已有四千多年历史，人们一直在此居住生活。历史上，此地不但是周先祖不窋“教民稼穑”之地、北宋名臣范仲淹曾在此任知州，也是明代前七子领袖李梦阳和书法家米万钟的故乡，流传着中医始祖岐伯与黄帝讨论内经的故事。

在庆城博物馆，我们看到了古城的全貌，其形远观似展翅凤凰，故又称“凤城”。古城依地势分南城、北城和教场，三城防御既独立又相互依附，城原设五门，东为“安定”，西为“嘉会”，北为“德胜”，南为“平定”，东为“永春”。

古城东南临环江，西面临柔远河，城址位于两河汇流之台地上，唯有北面与陆地相连。古城沿河流冲刷台地边沿，因势削建，修筑城墙，使古城呈不规则带状分布，南北长、东西窄，西北高、东南低，依山傍水，越往南走越收窄，处三川当口。城周群山环绕，城下二水汇流，确为易守难

拍摄 · 曹文福

攻的天然城堡。

过嘉会门，穿陡坡，上城门楼，不时能看到纪念范仲淹知庆州时的遗迹，登高一览，历史的厚重风烟扑面而来。

庆州夹在宁夏与陕西之间，西、北与宁夏接壤，东北、正东、东南接陕西。

北宋年间，党项人建立西夏，对北宋造成重大威胁，庆州是重要的西北边塞。庆州以北是黄土高原，以西是六盘山，以东是子午岭，以南与关中平原相接。蒲河(泾河的支流)穿庆阳南下汇入泾河，泾河向东南汇入渭水。一旦西夏控制庆阳，就可以沿泾河谷地杀向关中，长安危矣！宋仁宗庆历元年(公元 1041 年)五月，范仲淹调任环庆路经略安抚招讨使兼庆州知州。

“塞下秋来风景异，衡阳雁去无留意。”上马击敌、下马作诗的著名文学家范仲淹以豪迈之情，抒发了他戍卫边塞的壮志与情怀。

到任后，范仲淹依据国力和兵力现状，主张训练边塞军队，巩固边防，推行积极防御战略。修城筑寨即是践行积极防御战略的措施之一。《庆阳县志》称，范仲淹知庆州期间，在环庆一路就修筑城寨二十八座、烽火台四十四个，其中，最为有名的是在庆州西北修筑的大顺城寨，如一颗钉子深入敌腹地，令敌不战而后撤，发挥了重要的军事战略要冲作用。“三月二十七，羌山始见花。将军了边事，春老未还家。”从《城大顺回道中作》一诗中，能看出范仲淹戍边的壮志和豪情。

作为人们生活栖居之所，英雄、先贤的言行深深影响着一个地域的风尚，此所谓人文历史的传承。城因人而名，庆州古城便是这样一座处处有着人文精神的千年古城。

周祖建城拓荒

作为闻名天下的“陇东粮仓”，庆阳有着得天独厚的地理优势，位处黄土层深厚、千里沃野、具有“天下第一塬”美称的董志塬上，美丽而富饶、丰腴肥沃的黄土地，气候温和，雨量充沛，为小麦、玉米、油料、荞麦、小米、燕麦、黄豆等各种农作物的生长提供了天然便利条件。

“三山六水一分田。”在陆地上，可以耕作的肥沃土地少之又少。而庆阳地处黄土高原的腹地，数百万年前，这里水草茂密，动植物资源丰富，又有黄土洞穴抵御冰期的严寒，无疑是远古人类生存的理想之地。故当地一直有“八百里秦川，顶不上个董志塬边”之说。

地不懒人亦勤。这一切，可以追溯到四千多年前周先祖不窋在此削土筑城，史载“不窋故城在庆州弘化县南三里，即不窋在戎狄所居之城也”。周先祖发现这块宝地，便在此教民事农桑，务耕作，而后重农务本之风传承接续，形成敦厚纯朴的民风和内涵丰富的农耕文化。

据《史记·周本纪》载：“后稷卒，子不窋立。不窋末年，夏后氏政衰，去稷不务，不窋以失其官而奔戎狄之间。不窋卒，子鞠立。鞠卒，子公刘立。公刘虽在戎狄之间，复修后稷之业，务耕种，行地宜，自漆、沮度渭，取材用，行者有资，居者有畜积，民赖其庆。百姓怀之，多徙而保归焉。周道之兴自此始，故诗人歌乐思其德。公刘卒，子庆节立，国于豳。”

“周虽旧邦，其名维新”，不窋城便是今庆城建城最早的记录。周祖率部族赴此，驻城拓荒，安邦定居，开启了先周农耕文化之先河，而后才顺着泾河一点点向东迁徙，进入关中平原，史称“周道之兴自此始”。作为周发源根基之地，此地亦有“周旧邦”之称，巍巍周祖陵则矗立于庆城东山之巅，殿宇巍峨。

“陶复陶穴”是陇东黄土地上地域鲜明的印痕。早在《诗经·大雅·绵》中就有记载：“绵绵瓜瓞，民之初生。自土沮漆，古公亶父。陶复陶穴，未有家室。古公亶父，来朝走马。”

所谓“陶复陶穴”就是指遍布崖面密密麻麻的窑洞。因为黄土高原的特点，窑洞借地形而筑，既省时省力，又安全易居。该地窑洞多为圆拱形，内呈长方形，抹上一层细腻的泥土，并刷上白色涂料。窑洞一般高三米多，宽两米左右，深则可达十米多。俗称“土窑崖庄，锅头连炕，烟囱朝上”，窑洞冬暖夏凉，四季皆宜，是黄土高原上最理想的居室。

在中国农业博物馆庆阳分馆，我们从已出土的文物中，可以清晰看到周先祖在此地拓土开疆、削土筑城、教民稼穑、农耕穴居、陶复陶穴、畜牧桑蚕、繁衍生息的轨迹。“执豕于牢”“牛能耕田，马能负重致远，羊能供备祭器，鸡能司晨报晓，犬能守夜防患，猪能宴飨速宾”，先辈们在漫长的耕作生存中，逐渐发现了畜力的作用，充分发挥六畜所长，促进了生产生活的进步。

出土的木、石、骨、蚌、陶等各类生产工具给我们留下深刻印象。其中耕地翻土的耒耜，把坑坑洼洼土地磨石的蘑子，将种子种进土地的播耧，将谷物、麦粒脱皮云壳的碌碡、碾子，筛掉、扬去粮食里面的灰土和瘪籽的筛子、簸箕，包括日常劳作使用的镰刀、锄头、铁锨、镢头……这些种类繁多、使用方便的农具透露着先辈的智慧和探索，如今在北方农家田野经常看到，可见传播之广，影响之深，不但是农耕文明的见证，也承载着人们对收获的美好记忆。

七月流火，八月萑苇。蚕月条桑，取彼斧斨，以伐远扬，猗彼女桑。七月鸣鵙，八月载绩，载玄载黄，我朱孔阳，为公子裳。

四月秀葽，五月鸣蜩。八月其获，十月陨萚。一之日于貉，取彼狐狸，为公子裘。二之日其同，载缵武功，言私其豵，献豜于公。

五月斯螽动股，六月莎鸡振羽。七月在野，八月在宇，九月在户，十月蟋蟀入我床下。穹窒熏鼠，塞向墐户。嗟我妇子，曰为改岁，入此室处。

六月食郁及薁，七月亨葵及菽。八月剥枣，十月获稻。为此春酒，以介眉寿。七月食瓜，八月断壶，九月叔苴。采荼薪樗，食我农夫。

九月筑场圃，十月纳禾稼。黍稷重穋，禾麻菽麦。嗟我农夫，我稼既同，上入执宫功：昼尔于茅，宵尔索绹，亟其乘屋，其始播百谷。

《诗经·豳风·七月》记载了周人从送饭的妇子、采桑的女郎到下田的农夫、狩猎的骑士在古豳地从事农事耕作劳动的生活场景，八月打红枣、九月收稻谷、十月粮进仓，以及七月采瓜食瓜瓤、八月葫芦摘个光等描述，都和今天的农事季节相同；农忙时送饭到田间，九月筑场圃，用柴火编织门，用茅草搓绳捆庄稼等习俗也一直延续至今。“蚕月条桑”“六月食郁及薁”，栽桑养蚕，纺丝织帛，一直是庆阳的传统，种植李子、桃、梨、枣等品种繁多果树的历史，从诗中记载也可追溯到周人。

上之豳地，古风犹存。周祖在庆阳大约有四百多年的历史，创造了前所未有的辉煌文明，是庆阳的早期开发者，开启了农耕文明的先河，国家制度、礼俗制度、宗教文化在此地形成先声，这些都对黄河流域乃至全国产生了深远的影响。现在从庆阳周祖陵、不窋城、公刘邑、公刘庙、后稷台等许多历史遗存中，仍能看到周先祖在这方厚土耕作、生活的痕迹，各地也依然记载传承着周祖农耕文明和农耕精神。这些独具特色的风土人情，也让游客们一次次叹服；庆城被誉为华夏远古农业的“北方摇篮”，果然名不虚传。

祛邪祈福的香包文化

在庆阳大街上，经常看到大人孩子带着色彩鲜艳的香包，步伐稳健、目光自信，那种淡然的气场令人暗暗生羡。

香包古名香囊，又叫荷包，中华医学最早的经典之作《黄帝内经》中就有关于香包的记载，岐伯曾携一药袋防疫驱瘟、禁蛇毒，开创熏蒸法。因岐伯生于庆阳，故此法在当地渐成习俗，流传不断。

庆阳人佩戴香包的传统由来已久。在庆阳市华池县对宋代双石塔进行整体搬迁挖掘时，在塔体内发现了一只香包。据考证，这只香包距今至少有八百多年历史，但仍色泽艳丽，图案如新，被称为“千岁香包”，这是迄今发现的最早的香包。

“扈江离与辟芷兮，纫秋兰以为佩。”屈原在《离骚》记载的江离、辟芷、秋兰便均为香草。纫，乃连缀之意。佩即佩帏，在这里既指香包，也含佩戴之意，就是把装满香草的佩帏带在身上。这说明在战国时期，香包已是一种流行的饰物了。

“戴个香草袋,不怕五毒害。”香包主要在五月佩戴,民间认为五月是蟾蜍、蛇、蜈蚣、蜘蛛、蝎子五毒出没之时。“端午节，天气热，五毒醒，不安宁。”端午节驱五毒用意是提醒人们要防害防病。每到端午节，民间要用各种方法以预防五毒之害。香包中多纳草药，对防五毒颇有成效，自然成为端午首选。

当地也将香包称为“绌绌”“绌儿”“耍活”。所谓“绌”原指原始骨针的一种缝制方法，后称用布缝制、袋口能松能紧的香包形式。“绌绌”又名藏针绣，是传统庆阳香包最有代表性的种类，它“小不盈寸，大不充拳”，运用边角料就可以做出色彩鲜艳的“绌绌”。早年时逢端午戴“绌绌”在孩子肩膀或别在发髻上，是让孩子们兴奋不已的事情。

香包还有文化内涵，承载着一个又一个的美好祝愿。唐宋时，仕女用香囊，男吏用荷包；明代，香包是朋友之间的赠礼；清代，香包是情人间的信物；近代，香包则为祈福驱邪和端午吉物。

庆阳香包多以花卉和动物为主图，用隐喻、象征等手法表达各种情感寄托和美好向往。比如香包绣老虎狮子，借其勇猛威武，祛除邪恶之气，护佑平安幸福；以鱼儿钻莲之图比喻男女爱情；借葫芦、石榴多籽，盼望多子多福；用大枣、花生、桂圆、莲子之形，则是取其谐音，寓早生贵子之意。

如同各地璀璨的民间习俗一样，庆阳香包蕴含的吉祥如意、祝愿祈福、禳灾避邪、护佑平安，也是人类共同的愿景。

“环江翼龙”和“黄河古象”的家园

我们今天所在的黄土高原，在远古时代，是一个森林茂密、花草繁盛、气候炎热、沼泽密布的大草原。陇东之地的神奇，不是因为传说，而是来自出土的黄河古象化石和环江翼龙化石。

1973 年春，黄河古象化石在庆阳合水县板桥乡穆旗村的马莲河畔发现，因其挖掘于黄河流域，故取名“黄河古象”。古象化石身高4米，体长8米，仅一双门齿就长达3.4米。据科学家判断，这是地球上早已灭绝了的一种剑齿象，它生活在第四纪更新世早期，距今250万年左右。它因全球仅有而成为旷世珍宝。

在遥远的上古，这里是亚热带干旱性草原气候，炎热而雨量充足，稀树之中水草茂盛，成为古脊椎动物的生存乐园。当时，鸵鸟在奔跑，原始牛在觅食，犀牛在角斗，一只成年公象在行走时陷入湖水。笨重庞大的身体使它越陷越深，同伴咬住它的尾巴，想极力相救，没想到尾巴被咬断了，公象却掉在湖中。这大概就是我们眼前这头公象化石的来源。

1978年5月，环江翼龙化石出土于庆城县三十里铺乡环江东岸的石板层中，被古生物界命名为“庆阳环江翼龙”。这是继我国内蒙古和新疆之后发现的第三个完整的翼龙化石。它状若蝙蝠，身无羽毛，有着光滑而有褶皱的大翅膀，两翼展开宽达两米多，只能滑翔不能远飞，可以水陆游走，以捕食小鱼为生。推测一亿多年前庆阳大地上湖泊、沼泽密布，岩石、森林连绵，翼龙就栖身于此。

这两种古生物化石遗存，显示在遥远的上古时期，在同样的位置，生活着一群人类还不熟悉的生命；在同样的地域，在不同的时期却有着不同的环境，相对于大自然的伟力，人类如同沧海一粟。

眼前沟壑相连的黄土高原，在很久很久以前，还是一个有湖水河流、树木丛林的亚热带大草原，食物充足，气候适宜，不但是大象的家园，也生活着大角鹿、赤鹿、羚羊、野马、野驴等多种动物。

后来，沧海桑田，随着大自然的演变，这个大草原逐渐消解，经雨水的侵蚀、河流的切割，黄土沉积覆盖，塬面被切割形成沟谷，终形成了温带半干旱沟梁峁相连、沟壑纵横的黄土高原。

相对于人类的生存繁衍痕迹，地球包容而久远，隐藏着无数我们人类还不知晓的秘密，我们要和所有的生命，共同守护好我们栖息的美好家园。

丝绸之路重要节点：塞上湖城银川

银西高铁缩短时空，拉近了关中平原和塞上江南的距离。我们在西安吃完午饭上车，到银川太阳还老高，离晚饭还早呢！银西高铁接驳在原银川站，同时到发高铁和普速列车，出入非常便捷。

一出银川车站，在站前广场上，便看到那只有名的凤凰雕塑，日光下欲展翅冲天，耀目而美丽，也寓意着正在腾飞发展的银川。相传，很久之前，从南方长江边飞来一只凤凰，为了给这里的人民带来江南的绿水青山，化身成这座美丽的城市。

东门外高台寺是凤凰的头，头挨在黄河滨；高台寺中间有两眼井，那是凤凰的眼睛；城中心的鼓楼是凤凰的心脏；西塔和北塔是凤凰的两只爪子；西马营里花花草草，树木成荫，那是凤凰的尾巴，凤凰的尾巴特别长，一直延续到贺兰山，所以，银川也有凤凰城之美称。

历史上的银川，作为遥远的边塞之城，历来是中原王朝和游牧民族军事交锋、文化交融之地。“伊吾之右，波斯以东，商旅相继，职贡不绝”描写的便是唐代边地和平繁荣之景。

公元前 2 世纪，汉代张骞出使西域，开辟丝绸之路，穿过平原与草原，打开东西方的交流通道。驼铃声声，造福不同地域人民的丝路不断改道，时断时通。这条文明之路，涉水过滩，大漠漫漫，关隘重重，历史上也是一条险途。

随着银西高铁的开通，关山不再遥远，从秦砖汉瓦的关中平原，过沟壑峁梁、茫茫戈壁，不到半日的功夫，眼前出现渠水盈盈、绿荫成片，稻田翠黄相间，塞上江南格外养眼。

银川地处富饶的宁夏平原中部，东临奔腾的黄河水、西屏雄伟的贺兰山，作为古丝绸之路的商贸重镇，须弥山石窟、灵萧古道、开城元代安西王府遗址，都见证着丝路文化的交融和传播。

“贺兰岿然，长河不息。”银川历史悠久，自古以来都是农耕、河套、边塞、西夏等多种文明交融的历史名城，积淀孕育出极具特色的历史文化。

“贺兰山下阵如云，羽檄交驰日夕闻。节使三河募年少，诏书武道出将军。”烽烟消去，马蹄声远；黄沙古渡，羊皮筏急，西塔北塔遥遥相望，似乎在默默诉说着雄浑贺兰山下的悠悠过往。

从戍边重镇到塞上明珠

银川地处宁夏平原中部，东临黄河、西屏贺兰山，是一座拥有悠久历史的塞上古城，已有二千多年的建置史和建城史，城内历史底蕴厚重，丝路遗址众多。银川作为边塞军事要冲和连接中原与西域诸国的丝路之驿，农耕、草原、河套及多民族交融的多元文化气息鲜明，许多风俗习惯保留至今。

“天下黄河富宁夏。”秦始皇统一中国后，宁夏属北地郡，设乌氏、富平等县，蒙恬率 30 万大军在此戍边屯垦，修筑了闻名世界的秦长城，还兴修了著名的秦渠，开创了开渠引黄灌溉的历史。兼之银川日照充分，雨热同期的气候，这些银川平原的富庶奠定了基础。

汉成帝阳朔年间，在今银川东郊建立起一座管理屯田事业的典农城，俗称吕城，附近的黄河渡口称为吕渡，匈奴、鲜卑等民族则称它为饮汗城，这就是银川的前身。

5 世纪初，大夏国王赫连勃勃在这里建成“丽子园”，为游乐和屯兵的要地。唐高宗仪凤三年（公元 678 年），此地称怀远县。北宋天禧四年（公元 1020 年），党项族首领李德明将其都府迁至银川，并改称兴州。

公元1038年，党项族首领李元昊，以银川（时称兴庆府）为国都，建立大夏国，史称西夏。史载，兴庆府建有城池门阙、宫城殿宇、宗庙社稷等建筑，“周围十八余里，东西倍于南北”。城中有“逶迤数里，亭榭台池，并极其盛”的元昊宫，有包括中书省、枢密院、三司等中央机关和管理都城的官厅衙署，有皇亲国戚的宅第园林，有相当于学校的“文思院”，有居民宅院、驻军营地、仓库馆舍、店铺酒楼以及官营手工业作坊。自此，这座边塞小城，一跃而为地跨今宁、陕、甘、青、内蒙古辽阔地域的西夏军事政治中心，在历史上留下厚重的一笔。

兴盛之时，西夏国“东尽黄河，西界玉门，南接萧关，北控大漠”，“方万余里”,形成了与宋、辽（金）政权三足鼎立达189年的局面。元灭西夏后，设宁夏府路，取“安宁西夏”之意，宁夏之名始有记载。

“河来当塞曲，山远与沙平。纵猎旗风卷，听笳帐月生。”“西北广莫无一城，控弦百万长横行。”作为九边重镇，银川地处西北边陲，自古是军事要冲，用兵之地，银川古城厚重的历史气息中，豪气冲天的边塞文化是浓重的一笔。

“朔方烽火照甘泉，长安飞将出祁连。”历代极重视在朔方筑城增兵，设立军事据点，筑长城、修直道、设亭障，“以河为塞”。最著名的是在三关口长城（明称边墙）处设置关隘，今在贺兰山段仍能看到没有被流沙埋掉的石砌城垣。

“踏破贺兰山缺”“心源落落堪为将，胆气堂堂合用兵。却使六蕃诸子弟，马前不信是书生”，在宁夏平原这块土地肥沃的风水宝地上，汉朝与匈奴、唐朝与吐蕃、宋朝与西夏反复交锋，卫青、霍去病、韩琦等名将也在这儿留下了许多荡气回肠的英雄事迹。

“贺兰山下果园成，塞北江南旧有名。”银川有得天独厚的地理优势。黄河自青海发源，由南向北逶迤前行，进入到南止黄土高原，东到鄂尔多斯高原，西接贺兰山的宁夏平原，形成了大面积的河套灌溉区。

沿黄河两岸，渠道纵横，水田众多，一片江南水乡风光，再加上湖泊遍布，湿地连片，黄河以西贺兰山以东的平川地区，号称“七十二连湖”，有“湖在城中，城在湖中”之说。湖泊、湿地、水田、黄河，在日月光辉映照之下，远山近水之间，白色银光辉映，延绵平川大地，尤其是黄河冰封和雪落阡陌的水乡泽国风光，是银川得名最有说服力的来由。

“俯凭驼铃临河套，遥带银川挹贺兰。”作为河套灌区，虽是用兵重地，但历代也极为重视银川平原的开发，以使“边地”平稳安定。尤其是新中国成立以后，宁夏建设驶入快车道，边塞重镇成为带有特色的历史符号，呈现在人们眼前的，是稻香鱼肥、水光潋滟、景色秀美的塞北江南。

西夏王陵

“大漠孤烟直，长河落日圆。”距银川三十多公里，在贺兰山东麓，广袤苍茫的大漠中，矗立着九座黄土堆就的王陵，阳光的照映下，远观颇为壮观。

这儿就是被誉为“东方金字塔”的西夏王陵，是现存最大的西夏文化遗址，也是宁夏一处重要的历史遗产和具有神秘色彩的文化景观。

陵区南北长十公里，东西宽四公里，分布着九座帝王陵和 140 多座王公大臣的殉葬墓，占地近五十平方公里。每座陵园都是一个完整的建筑群体。现存的陵台、鹊台、角楼、神墙等，都是当年的建筑。特别是黄土夯筑的八角塔形陵台，高达二十余米。

西夏的兴起，可追溯到南北朝至隋唐年间，在河套地区有八个游牧部落逐步强大，史称“党项八部”，趁五代战乱，逐渐控制了西起敦煌、东到黄河河套两岸的肥沃粮仓，占有河西之地，控扼了重要的河西走廊。最终于公元 1038 年，定都银川（时称兴庆府），建立西夏。

西夏政权延续近 190 年之后，随着蒙古先后六次征伐而于公元 1227 年灭亡。文物典籍等都遭到毁灭性破坏，西夏这个曾经盛极一时的丝路古国成为历史上文明突然消失的“神秘王国”。

拍摄 · 曹文福

西夏当时在中国西北影响巨大，曾经建立了辉煌璀璨的文明，崇佛尚礼，不但开创了自己的文字，而且善于向汉民族学习，从已经出土的文物和历史遗存便可窥一斑。独具一格的建筑和雕塑便是民族文化交融的结晶。

“贺兰山下古冢稠，高下有如浮水沤。”作为凝固的历史，这些写满昔日辉煌与荣耀的金黄色的夯土堆，苍凉而孤独地矗立在大漠黄沙中。因为风雨侵蚀，加之人为破坏，地面原有建筑早已没入风沙之中，我们看到的只能是这些黄土堆就的陵塔，千年来巍然高耸守护着曾经的王。西夏陵塔的原貌也并不是现在眼前这样简单的塔形土堆，而是内部由夯土充实、外部有砖瓦木檐建筑的攒尖顶佛塔。其中1号陵墓为李元昊的爷爷李继迁的陵寝，2号陵墓为李元昊的父亲李德明陵寝，规模最大的3号陵的墓主人，则是李元昊本人。

西夏陵规模宏伟，布局严整。每座帝陵，都是独立完整的建筑群体，坐北向南，呈纵长方形，规模同明十三陵相当。其中1号、2号、3号三个陵墓的陵塔高约二十米，模仿唐代“积土为冢、改墓为陵”的帝王陵习俗。但又不同于唐代因山为陵的陵寝制度，从外观上看，西夏王陵更像是平地造山。这又是西夏特色了。深受佛教文化的影响，西夏从皇贵达官到普通百姓，多信奉佛教，据《凉州重修护国寺感通塔碑铭》记，在西夏地域内，浮屠梵刹遍满天下。

西夏王陵将汉族文化、佛教文化、党项民族文化有机结合，成为陵园建筑一大景观。塔的意象在佛教中有信仰、来生、报恩之意，也是涅槃的象征。

从现有的出土遗物中推测，西夏王陵由内外神城、阙台、碑亭、献殿、角阙、角台以及高大的陵台等地面建筑组成，面积达十几万平方米。陪葬墓由神城、碑亭、封土等组成，有的面积达数万平方米，不但别具一格，也颇为壮观。

站在逶迤的贺兰山麓远眺，在茫茫沙漠中，孤零零的西夏王陵壮阔苍凉中显得有些奇特。高天白云下，鸣叫的鸟雀时不时落在光秃秃的石头和枯树枝上，王陵区域寸草不生，也从不见王陵上有鸟兽的踪迹。这个曾经金戈铁马，创造辉煌的王朝，还有许多秘密留待后世去探知。

贺兰岩画

远古时代，人们为了表述心中神往和对自然力量的崇拜，会进行一些神秘的仪式，是谓舞蹈的雏形；通过在岩石上凿刻或彩绘，以线条勾勒图画，是谓岩画，亦谓绘画之滥觞。岩画在世界各地均有发现，在我国宁夏的贺兰山腹地也保留着众多远古岩画，记录当时人类的生活状况。贺兰山岩画作为中国游牧民族的艺术画廊，有着鲜明的特色，内容与表现手法都十分广泛，富有想象力，给人一种真实、亲切、肃穆和纯真的感受，其中尤其以贺兰口岩画最具有代表性。

“山有树木青白，望如马，北人呼为贺兰。”贺兰山位于宁夏与内蒙古交界处，南北走向，长达 220 公里，东西宽 20~40 公里，从春秋战国到西夏时期就是羌戎、月氏、匈奴、鲜卑、突厥、党项等北方民族游猎与驻牧的地方。作为阻隔腾格里沙漠的天然屏障，贺兰山汉代称“卑移山”“乞伏山”，唐代始称“贺兰山”，是我国主要南北向山地和西北地区地理界线之一，也是温带荒漠草原与荒漠及内外流域的分界。

贺兰口距银川城五十余公里，位于贺兰山中段的贺兰县金山乡，山势高峻，海拔 1448 米，俗称“豁了口”。山口景色幽雅，奇峰叠嶂，巨大的岩石沿着冷峻的山脉延绵不绝，贺兰口岩画遗址区便在此处，潺潺泉水从沟内流出，约有千余幅个体图形的岩画分布在沟谷两侧绵延六百多米的山岩石壁上。

贺兰口是贺兰山岩画最为集中的一处，岩画呈片状分布在沟谷两岸的断崖石壁上，以沟口北崖向阳的岩画数量居多，大部分是春秋战国时期的北方游牧民族所作，也有其他朝代和西夏时期的画像。刻制方法有凿刻和磨制两种。凿刻痕迹清晰，较浅；磨制法是先凿后磨，线条较粗深，凹槽光洁。内容绝大多数是人面像，另有人物、舞者、天体和牛、马、驴、鹿、鸟、狼等动物图形。岩画主要以敲凿法和磨刻法为主，画面艺术造型粗犷浑厚，构图朴实，姿态自然，多有表现图腾、巫觋的抽象意象。

人首像画面简单、奇异，有的人首长着犄角，有的插着羽毛，有的戴尖形或圆顶帽，有的双臂弯曲、两腿叉开、腰佩长刀。表现女性的岩画，有的戴着头饰，有的挽着发髻，风姿秀逸，再现了几千年前古代妇女对美的追求。有的大耳高鼻满脸生毛，有的口衔骨头，有的面部有条形纹或弧形纹。动物图形构图粗犷，形象生动，栩栩如生。有奔跑的鹿，有双角突出的岩羊，有飞驰的骏马，有摇尾巴的狗。还有飞鸟的图形和猛兽的形象，有部分人手和太阳的画面，还有原始宗教活动的场面。

其中最著名的当属被称作镇山之作的太阳神岩画，我们在银川经常看到这个经典的图案。太阳神岩画刻在沟的北侧向阳岩壁上，距地面约四十米处，线条粗犷，刻痕清晰，图案为人脸，面朝东方。圆形的面部，一对瞪圆的大眼睛格外醒目，四围呈放射状的线条似头发，远望更像是光芒。初民对天神的信仰和敬畏，在原始图腾中多有表现。远古生产力水平低下，人们以为畜牧丰收、水草丰茂、子孙繁衍的背后，都有一个不可抗的神秘力量。阳光可以使种子生长发芽，也可以使牧草枯萎死亡，贺兰山畔的游牧民族崇拜的是太阳神。从岩画形象看，在人面头形轮廓外有许多芒刺状物，像光芒四射的太阳射线，更像太阳神的神圣灵光寄予着人们对美好生活的向往。

据介绍，贺兰山岩画的分布，有着明显的地貌特征。在苏峪口以北至大西峰沟，岩画多分布在沟口内外的山体上，山前洪积扇荒漠草原上也有大量岩画分布。而苏峪口以南至柳渠口，山体岩画数量很少，荒漠草原上几乎没有岩画分布。在沟口内外山体上的岩画，多集中在距离沟谷山根以上约十米的范围内，并呈片状分布。最高处的岩画不超过五十米，其上则很少有岩画发现。沟口内的岩画，纵深分布在五百米的范围内，数量以沟口为多，越深入沟谷，两侧山体上的岩画越稀少。在山前洪积扇荒漠草原上的岩画，有“大分散，小集中”的分布特点，多磨刻在可以移动的独石和出露地表的立石上。从沟口到洪积扇，岩画的空间布局明显地呈现出由密集到稀疏的扇状分布特征。

“朔色晴天北，河源落日东。贺兰山顶草，时动卷帆风。”一方水土养育一方人民，大漠黄沙，温润江南，奇异的组合锻造出这方水土的性格，岩画作为他们向往美好生活的初始，对我们了解古代游牧民族的历史、文化、经济状况、风土人情提供一个具有想象力的视角。

中国史前考古的发祥地：灵武

“朔方有天下劲兵，灵武用兵之地。”对灵武的印象，最早来自边塞诗人的记录，后来知道，在这方土地上发现了人类三万年前生活的痕迹，传说中的恐龙，其化石也在此处显身。灵武历史久远，文明灿烂，神奇魅力令人神往。

灵武，初名灵洲，“水中可居者，曰洲，此地在河之洲，随水高下，未尝沦没，故号灵洲”。东汉改名灵州，县制历史已达两千多年，因其有着河套平原的肥沃土地，背倚贺兰山，东临黄河，北控河朔，南引庆原，西连河西走廊，位处农牧交织之要冲，历来为中原王朝经略西北的前沿重镇。

“山横旧秦塞，河绕古灵州。”关于灵州的记载，史不绝册。自秦蒙恬在此筑城屯驻、凿渠垦殖始，历代相承，延续不绝。铁血边塞、水田稻香构筑了灵州的底蕴。安史之乱后，唐肃宗曾在灵州登基，开启了唐王朝中兴之路，杜甫曾留下“肃宗昔在灵武城，指挥猛将收咸京”的名句。康熙平定噶尔丹叛乱时途经灵武，在灵武黄河横城渡口远眺，被塞外江南的景色所感染，写了“汤汤南去劳疏筑，唯此分渠利赖多”的名篇，赞美引河浇灌给当地人民带来的福祉。

“回乐烽前沙似雪，受降城外月如霜。”灵州被称为受降城，缘于唐太宗李世民在灵州接受突厥一部归服，并勒石酬百王，一举解决了边患，史称“灵州会盟”。在灵州的这次会盟使百姓免遭战乱，开启和平，历来为人们所称颂。

水洞沟
SHUI DONG GOU

地图上西安距灵武很近，但实际隔着黄土高原，行路并不那么容易。随着银西高铁的开通，昔日关山阻隔不复存在，桥隧连沟壑，梁峁变坦途，才别关中道，忽已至漠边。探访丝绸之路著名的“灵萧古道”、从藏兵洞、长城边防倾听历史的脉搏，都变得轻松起来！

水洞沟古人类文化遗址

名声在外的水洞沟地区，地处宁夏与内蒙古的交界，是毛乌素沙漠与黄土高原接壤的荒芜地区，作为防御游牧民族的边界，历来也是筑城墙屯兵将之所。

冲着驰名中外的旧石器时代先民生活遗迹而来，到了后才发现这里有保存完好的藏兵洞、明代古长城、烽燧墩台、城障堡寨、沟堑屏障等军事防御建筑，一下子把人从几万年前刀耕火种的时期拉到刀剑马革的冷兵器时代，加之风沙雕蚀的雅丹地貌雄浑苍凉，视觉上形成巨大的冲击力。现宁夏已将此地打造成水洞沟景区。

水洞沟古人类文化遗址是三万年前人类繁衍生息之地，当初一经发现便轰动考古界，正式揭开了中国旧石器考古的序幕，所以水洞沟被誉为“中国史前考古的发祥地”。现正门有四尊巨型的原始人和一组恢宏的狩猎岩画，远望极具远古粗犷之风。

当地人把流水的洞叫作水洞子。当初修长城时，并行的有一条水沟，水要穿过长城流向黄河，故而便在长城下边修了一个过水的洞子，所以这个地方便叫作水洞子沟。

自 20 世纪 60 年代开始，我国考古科学家在此相继又进行了六次大型考古发掘，出土了三万多件石器和古动物化石，其中生产生活器具以刮削器、砍砸器、石核、石叶等石器为主。在已发现的文物中尤以石叶罕见而珍贵。石叶采用间接打制法做成左右对称、有明显纵背平行脊的器模，然后再用它制作各种生活工具和防御器具，这同西方旧石器时代的莫斯特和奥瑞纳文化非常相近，被考古专家称为是人类“大距离迁徙同化影响”的结果，故而水洞沟遗址也被作为“中西方文化交流的历史见证”。

在水洞沟北部断崖边，近距离观察一号遗址和二号遗址，考古发掘留下的断面层清晰可见，像是历史的年轮，一下把人们拉到远古的时代。

当时这里并非砾石遍布、风走黄沙的荒芜之地，而是有着宽阔的湖面、丰茂的水草、绿色的植被。除了辗转来到此地繁衍生息的先民，还有各种各样的动物，这里是所有生命共同的家园。后来大洪水淹袭，地壳变化，白云苍狗，沧海桑田，只留下了这条小水沟，山石不语，河水静默，实际它们都隐藏着地球万年的秘密。人类的迁徙奔走，文明的寸缕前进，也都在这不起眼的沟水之中。所谓芥子纳须弥，概若如此。

恐龙化石遗址

灵武恐龙化石遗址在水洞沟遗址东南方向约二十公里，位处灵武宁东镇南磁湾村庄东侧的山梁上，因为地属毛乌素沙漠的边缘，漫漫黄沙连着孤寂的山梁，植被稀疏，入眼是一种透着清凉的寂寥。可在这荒凉和沧桑的土地下面，不但掩藏着传说中亿万年前的恐龙化石，还储存着丰富的煤炭资源——有着宁夏“一号工程”之称的宁东煤化工基地便距此地不远。

荒凉中隐藏着丰富的宝藏，风沙里透露着生命的讯息，此言不虚。亿万年前，这里曾经水域辽阔，水草丰茂，森林茂密，不但生活着恐龙等陆地动物，还有海鱼等各类海洋生物。后来经过复杂的地壳运动，从南磁湾村附近的山坡上遗留的火山爆发后的岩浆痕迹推测，这里曾发生过火山迸发。这影响着气候环境的变迁,森林逐渐演变为煤炭。而恐龙在遭遇不可抗力后，在黑暗的地下变成了化石。

灵武恐龙化石群遗址是迄今我国发现面积较大、分布集中、保存完整、周边环境未遭破坏的恐龙化石群。现已发掘出的八只恐龙化石，是蜥脚类恐龙中个体最大的属种之一。分别来自一号、二号、三号坑，有的体型庞大，有二十余米，可能是成年恐龙；有的只有四五米长，可能是幼年恐龙。它们虽然都埋藏在同一地层上，但相互叠压，高低相差有 2.5 米。化石上面的表土虽然很薄，但化石的石化程度却很好。考古学家据化石信息推测恐龙是突然遭受意外而死亡的。

据介绍，这些生活在距今 1.6 亿年前的中生代侏罗纪的蜥脚类食草恐龙，属于梁龙类中特别罕见的叉背龙，外形特征奇特，在赤道以北尚属首次发现。灵武恐龙化石改写了北半球恐龙历史，堪称“北半球第一龙”。这些恐龙化石的发现对研究蜥脚类恐龙繁衍、迁徙、灭亡的生态演化具有重要意义，也为研究西北地区远古时期地理、气候及地球“板块漂移学说”等提供了珍贵的资料。

走出博物馆，思绪似乎还停留在水草丰茂、浩渺苍茫的远古，强劲的风沙一下把人拉回当下。在这方热土上，最大的感受便是大自然的伟力，沧海变桑田，高陵化沟坡，相对于地球，人类渺如一粟的过客，无数代看似漫长的时光，在地球仅是一瞬，顿生豁然开阔之感。

长城博物馆

“日暮沙漠陲，战声烟尘里。”翻开史册，中原王朝和游牧民族的融合，总是伴随着征战与交锋。与逐水草而居、喜迁徙流动的游牧生活不同，农耕垦荒，常固一地而聚之。一城一地，小到村庄户院皆有防，筑长墙围成“内院”也是农耕文明的体现，长城可以看作王朝帝国的“大院墙”。

修筑长城主动防御始于春秋战国，历代皆不同程度续而为之，秦统一中国后相继连通始有万里长城。汉、明两代又曾大规模修筑，其中汉长城为了区别于秦称为“塞”，除了防御西域，主要功能是护卫丝绸之路畅通。明朝则是最后一个大规模修建长城的王朝，明长城多称为边墙。宁夏回族自治区内长城遗址颇多，素有“长城博物馆”之称。

灵武作为古之边陲，自是历来用兵之地。为防北方侵扰，明代对边防极为重视，长城九边重镇中宁夏便占了两个。灵武长城饮水于黄河，穿沙海，跨丘陵、过草原，东西连接着陕西和宁夏，其中在水洞沟的明长城为东长城，俗称“河东墙”，共设关门四道。花马池营东筑长城关为总要，高台层楼高耸云霄，上镌“朔方天堑”“雕革虎视”等字样浮雕；清水营筑关门一道，上皆有楼，“凭栏远眺”，“毕呈于下”。河东墙起自黄河东岸的横城，经宁夏、灵武、盐池入陕西定边，若这里被突破，南下则直接威胁关中平原，实属战略要冲。后又在“河东墙”的南边，挖深沟高垒墙修筑了一道边墙，当地人称其为头道边和二道边。

水洞沟保留的军事防御遗址，主要由明长城、藏兵洞、烽燧墩台、红山堡、瓮城及沟堑峡谷等军事建筑和天然屏障组成。这么完整的军事防御体系在国内尚属罕见，亦能从侧面一窥当年经略北地、战略防御的用心。

距水洞沟人类遗址不远，便是巍峨绵延起伏于辽阔的鄂尔多斯台地之上的夯土古长城。明代在此驻防修筑长城时，颇多心智，将“草茂之地，筑之于内，使虏绝牧；沙碛之地筑于其外，使虏不庐”。登上长城放眼眺望，北边的毛乌素沙漠辽阔苍茫，南边则是湖泊水面，湿地芦苇，南北之景，如泾渭之分。“阴风猎猎满旗竿，白草飕飕剑气攒。”看着插满战旗的长城蜿蜒隐没于大漠沟壑之中，秋风斜阳，大漠孤蓬，耳边似乎响起了鼓角争鸣，马蹄急促，顿生沧桑悲凉之感。只是“万里长城今犹在，不见当年秦始皇”，一个王朝，最坚固的城防，应该还是“人心”。

在通往红山堡的路上，途经一段沟深壁立、陡峭险峻的大峡谷，明代藏兵洞便隐藏在峭壁之间。藏兵洞高出沟底十多米，可防水淹，洞口隐蔽，洞道曲折蜿蜒，左盘右旋，颇多分叉，又上下相通，左右相连，据称藏兵洞可直通红山堡。地面长城防御，地下兵洞设伏，城堡屯兵把守。可攻、可藏、可守，三位一体的军事屏障，充分体现了古人的聪明才智。

作为长城防御体系中的一环，红山堡属灵州千户所辖，是按照明代长城沿线七十里一城，三十里一堡的惯制设置的城障。城外紧挨天然的大峡谷屏障，城内建有瓮城，筑有防卫的城墙和城门楼。

战争总是短期的，和平稳定的生活总是人们的渴盼。千百年来，长城虽然是游牧民族与农耕民族的分界线，但也阻隔不住人们的往来。文明的交融，终非靠战争掠夺能够完成，和平贸易一直都在边民中进行。红山堡作为当时深入边地的戍卫城堡，“马市”的兴盛，也是各民族交往的一个佐证。

红山堡“马市”，也称边贸“互市”，是明代在红山堡一带开设的与边塞游牧民族之间的一种以物换物的交易市场。各游牧部落以金银、牲口、马匹、兽皮、奶制品以及毡帽等物品来换取中原的布匹、丝绸、食用盐、铁锅、农具以及其他物品。

边塞马市的开设，使各游牧部落通过正常手段获得物品，不仅为带来了相对的安宁的和平，也促进了商业的繁荣。“商贩满关隘，茶船遍江河”就是史书对长城内外各族人民进入红山堡“马市”、清水营“牛羊小市”进行商贸往来的兴盛之状的记载。

“远近军屯连戍垒，模糊碑刻绕烟萝。兴亡千古只如此，不必登临感慨多。”刀光剑影，万里疆域；将相雄心，王朝兴替，古今多少事，在历史的长河中，恰如高空的白云，随风而逝。尤其是在水洞沟这块神秘的地方，从浩渺海域到大漠沙丘；从亿万年前的恐龙家园，到三万年前人类迁居至此，犹如展开时空的浓缩胶卷，观之顿生开阔之感。人类作为地球上“年幼”的到访者，应该珍爱和平文明之果，共同建设好所有生命的栖息家园。

‖“引黄灌溉古渠博物馆”：吴忠‖

与许多人一样，我一直有个疑惑，大漠边陲的戈壁古塞吴忠，怎么就成了“塞外米粮川”了呢?

穿过黄土沟壑，动车窗外，蓝天缀白云，湖水映倒影，稻米金黄，绿荫成片，格外养眼。来到吴忠，看到一条条古渠沟如脉络一样遍布阡陌纵横的田野，滋润着这方厚土，当即心下释然。同为黄河流经之地，是这一道道引黄的河渠，造就千里沃野。水润河套之地因此方有江南盛景，故也有“天下黄河富宁夏”之说。

吴忠地处黄河之滨，自秦时设昫衍、富平县始，汉置灵州，明筑吴忠堡，清设宁灵厅，至今已有两千多年建城史，历史文化悠久，自古就是丝绸之路的重要通道，被誉为“水旱码头、天下大集”。这里不但有着灿烂的河套文化，遍布的秦汉古渠、青铜峡一百零八塔等丰富的古遗迹，也见证着北方游牧民族与汉族文化的互通交融。

“黄河百害，唯富一套。”黄河从巴颜喀拉山蜿蜒而下，在此为山所阻，拐了一个“几”字形的大弯，故称河套。吴忠便居河套平原灌溉区的精华之地，这里河面稍低于地面，泥沙含量还不大，水质比较清澈，既无决口泛滥之患，又有引水灌溉之利，山舒水缓，自古便为天下争夺之宝地，亦有“河套安，天下安”之说。

“浊水秦渠通渭急，黄埃京洛上原斜。”开凿于秦朝的秦渠是这里古渠最早的记录。时秦大将蒙恬北逐匈奴，建城筑墙，屯垦凿渠，因渠居黄河以东，又名北地东渠，渠首在青铜峡。汉更注重经略西北，在河套之地设置边郡，移民实边，亦开凿有汉伯渠、汉延渠、光禄渠等古汉渠。位居古渠之首、现依然流淌的唐徕渠在汉已凿有雏形，至唐整修扩展始成主干渠，其渠口亦在青铜峡，全长三百多公里，沿途分设大小渠道五百多条，一路向北灌溉良田近百万亩，的确蔚为大观。

城墙断垣成遗旧，古渠流淌泽后世。凿沟开渠始于秦，盛于汉唐，随后历代皆承续筑堤引水，建闸设堰，疏浚修治，引水利民。在宁夏平原上流过两千多年岁月的秦汉古渠，纵横交错，密如织网，如遍布的血管润泽着这方厚土，像一块块无字的石碑，镌刻着农牧交融的历史，又像地面上的“古渠博物馆”，承载着膏腴沃野的记忆。

“天堑分流引作渠，一方擅利溉膏腴。”引黄灌溉古渠沟的引水口多在青铜峡，这里的天堑，便是素有“九渠之首”之称的青铜峡。据称，宁夏引黄古灌区有秦渠、汉渠、汉延渠、唐徕渠、七星渠、美利渠、羚羊寿渠、大清渠、惠农渠、西干渠、东干渠、跃进渠等十四条古渠，青铜峡便分布有十二条古渠，青铜峡因此也被称为宁夏粮仓之源。

青铜峡黄河大峡谷距吴忠市区约二十公里。九曲黄河自金沙湾进入上游最后一个峡谷，峡谷山高水深，两岸悬崖峭壁，一拨沙海倾势而下，其势甚为壮观。相传很早很早以前，黄河水因山而堵，给当地人民带来水患之灾，大禹来此治水，劈山成峡，两岸山壁，颜如青铜，故称青铜峡，自此贺兰、牛首两山隔河相望。黄河水北流进入宁夏腹地银川平原，山舒水缓，一倾碧波经河渠引流，进入千里沃野，造福当地人民，“鱼游浅碧东风细，花涨残红幕雨余。千顷良田凭富足，万家编户获安居。”稻香千里，其源在此。

黄河如带，穿过肥沃的宁夏平原，一条条河渠从险峻的青铜峡延伸而出，一顷顷碧波通过纵横交错、遍布如网的支渠、毛渠流进田间地埂。这里的每一条渠，都带着历史的温度；这里的每一个人，都能讲出黄河的故事。

南有都江堰，北有青铜峡。青铜峡已有两千多年的引黄灌溉历史，无坝引水、激河浚渠，积淀形成浓厚而独特的黄河灌溉文化，融进日常，保留许多独特的习俗，“宁夏引黄古灌区”作为民族文化符号，也被列入了世界灌溉工程遗产。

拍摄 · 曹文福

第四章

物华天宝

乘着高铁，感受文明印迹

作者 孙天才

银西高铁有18个站，纵穿陕甘宁三省区。其中，陕西省内有6个站，其他站在甘肃和宁夏。陕西的那些地方，包括西安和咸阳的几个区县，我还比较熟悉。而甘肃我只去过天水、兰州、嘉峪关和敦煌。银西高铁经过的几个市县在甘肃东部，我都没有去过。我曾去过宁夏沙坡头、青铜峡、沙湖、镇北影视城和西夏王陵，但那仅是一次走马观花的旅游，而且已是三十多年前的事情了。

银西高铁开通后，我就一直想沿线走一走。但从春到夏，种种原因，出入有诸多限制，未能成行。入秋以后，多地又暴雨成灾，洪水接二连三，出行更是无望。好在情势终于峰回路转，西安的几位文友便打算一同集体采风，总算是体验了这条高铁，也看了几个地方。之后，我又做了一个“背包客”，继续到银西高铁沿线实地考察一番。断断续续，我去了咸阳、礼泉、乾县、永寿、彬州，去了庆阳、庆城、宁县、环县，去了吴忠和银川，感受了各地的文明印迹。

“物华天宝”这个词，最初的出处是王勃的《滕王阁序》：物华天宝，龙光射斗牛之墟；人杰地灵，徐孺下陈蕃之榻。“物华”是指天地万物中最精华的，像斗牛金星一样闪耀着光芒光辉的那些事物。这些事物中折射着人类智慧、文化的光华。“天宝”则是自然界存在的宝贵的东西。“物华”更多的是说物之“华”，天宝更多的是说天之“宝”，包括像“葡萄美酒夜光杯”之于王翰的那种珠光宝气之“天宝”。由此看来，“物华天宝”既是物质的，又是精神的，既是形而下的，又是形而上的，是物质与精神的统一，也是形而上与形而下的统一。

‖ 秦中自古帝王州 ‖

银西高铁这条线在陕西省内有西安北、咸阳北、礼泉、乾县、永寿、彬州等 6 个站。陕西简称秦，这些站所在的地区，都可称之秦中。秦中自古帝王州，这是由西安十三朝古都的历史而来的，也是由咸阳的大秦帝都而来的。在秦中这片产生过周秦汉唐的土地上，闪耀着异彩光芒的物质、精神遗存，实在太多太密集了，几乎遍地都是，无处不有。正如天空中繁密灿烂的星辰，是不胜枚举的。面对着这么庞大的存在，不要说外来的游客，就是本地的居民，要“一日看尽长安花”，也是不现实的。因此，要认识西安、认识咸阳，并触摸秦中这片土地的“灵魂”，是必定要有选择的，特别是要选择那些最具代表性的地方。当然，也要感受那些最西安最咸阳的文明印迹。

我在西安生活了 26 年，我以为，就西安而言，有几个地方是最应该打卡的，也是最值得去看一看，并作深入了解的。

钟鼓楼广场位于西安的中心，是西安的心脏，也是西安的“会客厅”。晨钟暮鼓，钟鼓是古时用于报时和开合门禁的。西安的钟楼，四四方方，也在四四方方的城垣中心。西安钟楼的特别之处，不在于它像一朵被花萼簇拥开放的金色花蕊，或者像一枚巨型的印签戳盖在这座千年古城的中心，也不在于其整个建构中竟无一颗铁钉的巧夺天工，或者是其耸立在楼巅的那个愈经风吹雨打而愈金光灿灿的“风磨顶”。这些虽也是弥足珍贵的建筑品质，但对于西安钟楼而言，最精粹的还在于悬挂于其上的那口“景云钟”。这口钟铸于唐景云二年，即公元 711 年。那时的皇帝是唐睿宗，也就是唐玄宗李隆基的父亲，名叫李旦。据说那一年，睿宗皇帝在巡游周至的时候，夜宿行宫，梦见霞光满天，祥云缭绕，以为乃大吉之兆，遂下令铸钟以志，并“行三重楼以凭观”。这口高达 2.47 米，口径 1.65 米，重达 6.5 吨的青铜大钟，其形体之高大、钟身之鹤飞龙翔自不必说，最美的是每当这口钟敲响的时候，全城方圆十里都能听到它那清亮悦耳犹如凤凰鸣叫的声音。这口钟的珍贵还在于，它是如今存世的唯一由当朝皇帝撰文、书写，且监工铸造的。钟身正面 292 字的骈体隶书铭文，也是睿宗帝传世极少的书迹，称其为“天下第一钟”，应是名副其实的。直到现在，每年除夕之夜，我们从中央电视台听到的“新年钟声”，就是来自景云钟的钟声。这口钟被国家列为首批禁止出国（境）展览的文物。不过现在悬挂在钟楼上的只是这口钟的仿制品，真正的景云钟被迁移到了西安碑林博物馆，并建有一亭专事保护，是来西安的游客必去观瞻的国之瑰宝。

钟楼西边一百米，就是鼓楼。西安鼓楼是明洪武十三年，即公元 1380 年建的，比钟楼早四年。两楼比肩而立，都是 36 米的高度。“西安有座钟鼓楼，半截戳在云里头”，这是坊间的民谣。站在钟鼓楼广场左右而望，两楼犹如并蒂花，可谓西安的“姊妹花”。在鼓楼三重檐的眉额上，高悬着两块蓝底金字大匾，南为“文武盛地”，北为“声闻于天”。这两块长达 8 米、宽达 3.6 米的匾额，算下来都是八张床板大的面积。但那旷世而有的天字号牌匾，看上去却如大鹏翅身上的两片羽毛。我不知道这金光闪闪的八个大字是用怎样的如椽之笔写就的，也不知道它们是以何种方式悬挂上去的。这两块匾是西安人的“门面”，也体现着西安城的精气神。鼓楼当然是多鼓的。其实，西安的鼓楼就是一座中国鼓文化的展览馆。在鼓楼上面，你可以看到与每个节气相对应的、像时钟一样环绕其间的“节气鼓”。你可以看到从古至今由各种质料制成的石鼓陶鼓铜鼓铁鼓皮鼓；你可以看到各个民族不同花色形式的圆鼓方鼓长鼓短鼓手鼓腰鼓拨浪鼓；你还能看到那些曾作为礼器乐器，象征权力财富和信仰崇拜的蟾蜍鼓龙虎鼓太阳鼓月亮鼓等，仿佛进入了一个鼓的世界。最让人震撼的还是那面覆盖了整面山墙、创造了吉尼斯世界纪录的“鼓王”，那面高 1.8 米、直径 2.83 米、鼓腰 3.43 米、重达 1800 公斤的大鼓，两侧的鼓面皆是用一整张牛皮蒙制的。站在那雄壮的“鼓王”面前，我想象着那鼓一旦被敲击起来，该是怎样的一种声音，又会给人以怎样一种鼓舞心志的力量。“古城远韵承至宝，新风开元焕物华”，这是我在“中国鼓文化展”门框上看到的对联。其寓意也可谓深远而悠长。

同钟鼓楼一样，大雁塔和小雁塔也是西安的标志性建筑。西安市徽由两部分组成，外圈是抽象化的带垛口的城墙，中心是矗立的大雁塔。记得唐朝诗人岑参为大雁塔写过一首诗：“塔势如涌出，孤高耸天宫。登临出世界，蹬道盘虚空。突兀压神州，峥嵘如鬼工。四角碍白日，七层摩苍穹。下窥指高鸟，俯听闻惊风。”句句精到传神，令人叹为观止。大雁塔离我居住的乐游原很近，每当我站在乐游原上向西南眺望，看到那座 64 米之高的塔身，想到大雁塔是玄奘“亲负篑箕，担运砖石，首尾两年，功业始毕”，又想到现在慈恩寺门外屹立的玄奘铜铸伟岸身躯，所有这些，都让我强烈地感到，那座高耸入云的塔就是一个人。在这座塔和这个人身上，都集中体现着一种坚韧不拔、善始善终的民族性格，也集中体现着一种颇有典范意义的中国精神。

大雁塔是唐永徽三年（公元 652 年）建的。那时，玄奘 52 岁。这座塔的建造，得到了唐代君王的高度重视和著名书画家的青睐。在大雁塔恢宏庄严的佛塔石龛上，现在仍能看到唐太宗的《大唐三藏圣教序》和唐高宗的《述三藏圣教序记》，那些文字是由褚遂良“沐手敬书”的。塔石门楣上的线刻浮屠，是由阎立本和尉迟乙曾“沐手敬绘”的。想想看，一个僧侣和尚的译著能有两位皇帝为其作序。一座藏经的佛塔能有当世著名的书画大家的墨迹真宝，这是大雁塔的殊荣，也是玄奘的殊荣。

小雁塔和大雁塔同在西安城南，一东一西，像是比肩而立的兄弟。小雁塔建于唐中宗景龙年间，比大雁塔晚了 55 年。小雁塔的用途与大雁塔一样，都是为存放从天竺带回来的佛教经卷佛图。只不过大雁塔存放的是玄奘从陆路上带回的经卷图像，而小雁塔存放的是唐代另一位高僧义净从

拍摄 · 刘翔

海路上带回来的经卷佛图。由此可见，玄奘、义净的历史贡献。大、小雁塔历1300余年而不倒。小雁塔更是在关中的多次地震中曾有过“三分三合”的奇迹。大雁塔是“金榜题名”的地方，小雁塔是关中八景之一“雁塔晨钟”的所在地。如今，每年元旦之际，西安人都要在小雁塔举行祈福仪式。而围绕大雁塔的大唐不夜城，更是以其梦幻般的繁华，吸引着亿万中外游客。长安城中这两处胜景，在新时代愈发彰显出其蓬勃的活力。

西安城墙最能代表西安。在这有六百多年历史、长13.7公里的城周，西安人与时并进，又在护城河两岸建设了美丽的城墙公园，遍植西安的市树和市花。在国槐的绿荫和石榴花的火红中，在护城河碧波粼粼的倒影中，到处都回荡着西安人喜爱的秦腔和板胡。身临其境，使人不由得感叹，这里才是最西安的地方。可能有人会问，西安不是有钟鼓楼，有大小雁塔吗？不是有沣镐京、阿房宫、未央宫、大兴城和大明宫吗？但我以为，那些单个存在的古建筑遗址，只能记载这座古城的历史片段，真正能让人感受到这座古城的庞大存在或完整存在的，还是西安的城墙。

确实，当你漫步在那种古老传统与现代文明交相辉映的光弦中，当你凭借着斑驳的日光或月光，品味着从每个门阙每块砖石中逸散的历史气息，感受着雄浑博大威武厚重的文化氛围时，你无疑是在品读一部历史的大书。

我曾陪同北京的一位朋友在城墙上散步。凝望着城墙的门楼角楼的雕梁画栋，环视着城墙内外槐柳掩映的街巷民居，“千万家似围棋局，十二街如种菜畦”，他竟流连忘返。谈到北京城墙被拆除的情景，他眼眶中含着泪花，并喃喃地说：“西安有这一圈城墙真好。作为一种复原和赓续历史记忆的标本和典范，这是中国的瑰宝，也是世界的瑰宝。”

说到西安城墙，就不得不说到碑林。西安城墙共有18个门，碑林博物馆在南城墙的文昌门内。那里曾是西安的文庙，有一座高大的魁星楼，也有著名的“关中书院”。西安碑林是第一批全国重点文物保护单位（石刻类第1号），被誉为“中国最大的石质书库”。碑林的源头可以追溯到唐代立于长安国子监内的《石台孝经》和《开成石经》。《石台孝经》是唐玄宗李隆基亲书的《孝经》全文，而《开成石经》则是将包括《周易》《尚书》《诗经》《论语》等12部经书计600多万字用114方石碑刻就的。碑林的正式创始者是北宋名臣吕大忠，陕西蓝田人，也是《吕氏乡约》的创作者。从那时开始，经宋元明清近代等历代收集，所收藏文物众多，令人震撼。我于书法是外行，也不能将那些名碑在中国文学史、书法史、美术史上的地位和意义一一说清楚。但当我在那些闪耀着太阳般光辉的石林中游走的时候，我想到了司马迁用来评价孔子的话："高山仰止，景行行至。"

碑林博物馆由孔庙、碑林、石刻艺术室和石刻艺术馆四部分构成。在石刻展览室，我看到了重达十吨的唐代石犀，也看到了国内唯一有大夏纪年的大夏石马，还看到了为纪念唐太宗李世民征战疆场曾乘骑的战马而刻制的"昭陵六骏"。当然，也看到了那座曾悬挂在西安钟楼上的景云钟。这就是那座时间跨度长达两千多年、文物藏品时代系列完整的碑林。这就是那座集中了中国历代杰出书法家的传世名作，荟萃了真草篆隶各个流派的碑林。这就是那座中国最大的书法艺术宝库，百花斗妍、瑰丽异常的碑林。我知道，我的这种简单浅薄的叙说对碑林的深邃博大而言，只是管窥蠡测。要想全面深入地了解碑林，则必要亲自到碑林中去看一看。

陕西这片土地的历史从人猿揖别的那一刻就开始了。进入陕西历史博物馆的历史陈列，首先映入眼帘的是两个头盖骨。一个是"蓝田猿人"的，距今100万年左右，那是刚刚站立起来的直立人的头盖骨，是在白鹿原下灞河边一个叫公王岭的地方发现的。那时人类还处于旧石器时代的早期。一个是"大荔人"的，距今20万年左右，是在铁镰山下洛河边一个叫甜水沟的地方发现的。此时的"大荔人"已经进入旧石器时代中期，已从直立人演化成为早期智人。大荔人遗址就在我出生的大荔县，那地方离我曾经居住的村子有十里远。应该说，它是现代人类的祖先，更是我的祖先。

西安浐河边的半坡遗址，临潼临河边的姜寨遗址，宝鸡金陵河边的北首岭遗址，都是距今7000年左右仰韶文化的聚落遗址。我们的祖先经过了漫长的进化之路，来到了新石器时代。那时已经是中国原始社会母系氏族的繁荣时期，人类由石器时代已进入陶器时代。仰韶文化最具代表性的就是那些烧制的彩陶，以及陶器上的刻画符号和图案。那是人类审美的萌芽，也是人类文明的曙光。在半坡遗址博物馆，我曾看到过在历史课本上出现过的人面鱼纹陶盆和尖底陶瓶。在宝鸡北首岭遗址博物馆，我看到了网纹船形彩陶壶和鸟衔鱼纹彩陶壶。当然，在临潼临河边的姜寨遗址，我不仅看到了那些与半坡、北首领遗址同样的刻画符号，更为惊奇的是，我看到了中国最早的铜制品，虽然那仅仅只是一片黄铜和用黄铜片卷成的黄铜管，但却预示着一个新时代的来临，这个时代就是青铜器时代。

提及青铜器时代，就不得不说到宝鸡，那里是周秦文化的发祥地，也被称为“青铜器之乡”，有国内唯一以青铜器命名的博物馆——宝鸡青铜器博物院，也是中国最大的青铜器博物馆。我在宝鸡生活了18年，我常常到这座国宝成堆的地方感受吉金的光芒，也一次次被周原大地上两千多年前的人类想象力和高度的智慧所惊叹。我不能将诸如大盂鼎、毛公鼎、散氏盘、虢季子白盘、单五父壶等等国宝一一介绍，我只能讲我印象最深刻的几件分享。

一是朕匜。“匜”是古代的盛水用具，古人洗手是把匜里的水倒在手上，下面用盘承接，这和后来人们把手浸在水中的洗法是不同的。这件匜像一个小小的动物站立在那里，宽宽的流口，鼓圆的腹部，四个羊蹄形足稳稳立在地上，一条圆粗的尾巴作鋬用。最巧妙的是，这件匜身上还带平盖，前端呈虎头状，虎首覆盖在流口上，似猛虎前瞻，栩栩如生。当然，这件朕匜的珍贵主要还在于其上的铭文，那是一份我国目前发现的最早的法律判决书。这件青铜器的出土表明，在“礼仪之邦”的西周，同样存在着成文的法律和系统的刑罚。铭文中记载的鞭刑、墨刑、赎刑，以及那份判决书的格式，都是研究我国法律史的宝贵资料。

二是史墙盘，比朕匜晚一年在周原遗址出土的西周铜器。当时的一处窖藏竟出土了上百件青铜器。史墙盘是西周微氏家族中一位名叫墙的人，为纪念其先祖而做的铜器，因做器者为史官而得名。在青铜器中，盘是一种洗手用具，犹如现代的脸盆，常与匜配合使用。古人在祭祀与宴飨时，有沃盥礼的礼仪。所谓奉匜沃盥是指少者端盘接水，长者用匜浇水，洗毕要递上手巾擦干，这叫“盥洗”，是很有仪式感的。这件器物的珍贵还在于它的盘内底部刻满了铭文。铭文 18 行计 284 个字，记述了周文王、周武王、周成王、周康王、周昭王、周穆王、周共王等七个王的重要史迹，还有做器者的家世，对研究西周的历史极为重要。其中颂扬周初文王至穆王的业绩与功德的部分，在金文中还是首次见到。后半部分为墙自叙其家族自远祖以来侍奉周王朝的历史，也是墙之六代世系的“家谱”。国史家史共记一文，古人的家国情怀显露无遗。另外，史墙盘的铭文都是四字一句，是已知的发现最早的骈体文。

三是何尊。这是宝鸡青铜器博物院万余件藏品中最为著名的，是镇馆之宝。但如果不是机缘巧合，这件价值连城的瑰宝也许早已经与其他废铜烂铁一起被熔化掉了。何尊起初是贾村塬一个陈姓的人家在屋后的断崖上挖土时挖出来的，但陈家人不知是宝，先是把它放在自家屋里用来装粮食，后来以 30 元的价格将它卖给了废品收购站。一个月后，宝鸡市博物馆的工作人员来到这家废品收购站，从一堆锈蚀的废铜烂铁中慧眼识珠，同样以 30 元的价格买下来，并绑在自行车上驮回博物馆。何尊的内底有铭文 122 字，记载了周成王继承武王遗训营建被称为“成周”的洛邑（今洛阳）这一重要史实。但何尊引起考古界轰动的，并非所记这一史实与《尚书·召诰》等古代文献记载吻合，而是其铭文中的“余其宅滋中国”是“中国”一词最早的文字记载。

陕西这片土地上有源远流长的中华文明。特别是周秦汉唐的灿烂辉煌，为这片土地留下了众多弥足珍贵的文化遗存和精美绝伦的瑰宝。陕西的博物馆之多，是全国少有的。在遍布关中、陕北、陕南的三百余座博物馆中，有九座国家一级博物馆。馆藏品中比较有特色的，除了西周的青铜器，还有唐代的金银器、唐墓壁画和秦汉以来的诸多陶俑和精美的唐三彩马。唐代的金银器集中收藏在陕西历史博物馆和法门寺博物馆中。在陕西历史博物馆中，被列为镇馆之宝的唐代金银器有鸳鸯莲瓣纹金碗、舞马衔杯仿皮囊式银壶等。西安是盛唐的国都，金碗多为皇帝所用。金碗在历史上文字记载不多，实物出土更是罕见。但在 1975 年的一天，西安南郊的何家村却发现了唐代金银器的一个窖藏，里面竟堆放着一千多件金银器，其中最珍贵的就是两件鸳鸯莲瓣纹金碗。它是唐代金银器中仅见的富丽堂皇的金碗，代表了盛唐时期金银器制作的最高水准。1970 年 10 月，西安南郊何家村的另一处窖藏又出土了二百多件金银器，其中有一件银壶形制特殊，纹饰精美。这件银壶就是蜚声中外的舞马衔杯仿皮囊式银壶。唐代的贵族极喜欢豪宴，这件精美的银壶就是当时用来盛酒的容器。银壶两面各模压有一匹翘首鼓尾、衔杯跪拜的骏马，这正是唐玄宗时有名的“舞马”形象。虽然唐人盛行养马，全国以马为题材的文物也多有出土，但以“舞马”为题材的文物却极为少见。关于“舞马”，在《旧唐书・音乐志》等古籍中均有记载。唐玄宗在宫廷驯养了几百匹“舞马”。每逢八月初五千秋节，也就是唐玄宗的生日，在兴庆宫的勤政殿和花萼楼前，都要举行盛大的庆祝活动，其中一项就是舞马表演。在一曲名为《倾杯乐》的节拍中，那些披金带银的舞马跃然而起，奋首鼓尾，翩翩而舞。当舞曲达到高潮的时候，这些马则腾跃到三层的板台上，纵横应节，旋转如飞。而等舞曲终了的时候，那些马又会一跃而下，口衔酒杯，并跪拜在玄宗皇帝面前敬献祝寿。这件舞马衔杯的银壶，为我们展现了一幅唐代宫廷生活的特写画，也是唐代社会的一个缩影。

在陕西历史博物馆中，我还看到了另一件镇馆之宝的杯子，那就是光彩夺目的镶金兽首玛瑙杯。这是一件做工精湛的俏色玉雕，也是唐代中外文化交流的产物。这件高 6.6 厘米、长 15.5 厘米的杯子，是选用世间极为罕见的红色玛瑙琢制的。而这块玛瑙又不是纯色的，而是两侧深红，中央浅红，夹心是略显红润的淡白。其层次之分明，纹理之多变，色泽之鲜润，实乃千载难逢，可遇不可求。那位玛瑙杯的创作者也可谓高明之极，其随物赋形，因材施艺，艺尽其才的匠心独运，可谓鬼斧神工。你看那杯口沿外的两条光滑流畅又自然圆凸的弦纹，其粗细之间的变化恰到好处；你看那兽首圆睁的大眼目视前方，似乎正在寻找着什么，窥视着什么；你看那兽头上下间的肌肉，仅寥寥几刀就已入骨三分、生动传神；你看那兽头上的两角，粗壮有力，几度弯曲，凝结着力量和生命的富丽多彩的强烈动态美；你看那两只硕大的兽耳，高高竖起又微微内收，仿佛在倾听着一切可以听到的声音……从总体上看，它凝固了一头猛兽全神贯注飞驰奔腾的瞬间，甚至从其眼其耳其角之似牛首又非牛首，让我们都不能称其为牛首杯，而只能以兽首之名称之。这件国之重宝，显然不是作为实用之杯而存在的，而是一种财富的象征，一种权力的体现，也是一件珍贵的国礼。大唐时代，长安作为国之首都，已成为国际贸易和对外文化交流的中心。中国的商人把丝绸、瓷器、茶叶等运到中亚、西亚和欧洲，而中亚、西亚、欧洲的商人，也携带着他们的金玉宝器来到中国。中国是盛产玛瑙的国家，但色泽以白、黄居多，红色玛瑙很难见到。像兽首玛瑙杯，至今都很罕见。而兽首玛瑙杯的这种材质和造型的器皿在中亚西亚，特别是波斯（今伊朗）的艺术作品中，却较为常见。丝绸之路不仅是“丝绸”之路，也是“玉石”之路。这是兽首玛瑙杯的历史背景，也是唐朝中西文化交流碰撞的确证。

参观完“古都明珠，华夏宝库”陕西历史博物馆，从跨度长达100多万年的历史长河中走出来，从上百万件的石器、陶器、玉器、青铜器、铁器、金银器的海洋中走出来，也从目不暇接、震撼不已的状态中走出来，我调整一下状态，到临潼的骊山上，到咸阳的北塬上，继续物华天宝的探寻之旅。

临　潼

临潼是西安十三个区县之一区，在西安东四十公里处。临潼的得名，源于它位于临河和潼河之间。临潼这个地方，有什么值得一看的呢？临潼有骊山，那是一匹从终南山逸出的紫红色骏马。“骊山晚照”是同“华岳仙掌”“太白积雪”齐名的关中八景之一。骊山上到处都是石榴树和柿子树。五月的骊山是一片燃烧的火焰，而这火焰凝结成的石榴凭借色泽如红玛瑙的石榴籽，在金秋十月轻松成为如云的游客必然要带回去的“果中珍品”。骊山的秋天里同样著名的还有临潼的柿子，如火球一般耀眼，如星光一般晶莹，被誉之为“火晶柿子”，也是中外游客必然要带回去与亲友分享的我国“地理标志保护产品”。

在骊山的第二个峰头，我走进了一座老母宫，那是为纪念女娲抟土造人的功绩，也是为纪念女娲炼五色石补天的伟业的。仰韶文化的姜寨遗址，就在骊山下的临河旁边。想一想，在七千年前，这里的炉火一定是那个时代最为热烈的，因为它不但烧出了具有彩色刻画的陶器，而且烧出了中华大地上的第一块铜片。骊山上有一处烽火台的残存，讲述了一个令人悲伤的故事。周幽王为博得褒姒一笑而失江山的烽火戏诸侯，就发生在这里。还有一处叫鸿沟的地方，是刘邦对项羽摆惊心动魄的鸿门宴的地方。在骊山脚下的华清池，是李隆基和杨贵妃沐浴温泉的地方，也是张学良和杨虎城对蒋介石实行兵谏的地方。骊山上的这些遗存，每一处都有一个故事，都静静地展示着一段历史。然而在骊山这片夜幕上，众星璀璨，独拱明月。而那明月，就是骊山脚下的秦始皇陵和其中的兵马俑——享誉全球的“世界第八大奇迹”。

临潼的兵马俑博物馆我已去过多次了，也曾与最早发现兵马俑的杨志发有过面对面的交谈。

秦始皇兵马俑的出土，不仅让杨志发，也让临潼，让西安，让陕西受到了来自国内外的瞩目和重视。西临高速公路是陕西，也是我国西部的第一条高速公路。西临高速是西安的东大门，也让更多的人看到和了解临潼的兵马俑，连接了陕西与世界。七千余个赳赳老秦排列的军阵，七千余尊各具面貌神情的“泥人人”，让这个世界上的人纷纷而来，一览而足。千古一帝秦始皇结束了诸侯纷争的局面，建立中国第一个封建王朝，统一文字货币度量衡等，留下了宝贵的政治经济文化遗产，并且在诸如修筑长城、直道、河渠、皇陵等方面，为这个世界留下了伟大的物质遗存。秦人的每一次出手，都是惊天动地的“大手笔”。而这些都源于秦人勇于开拓、创新、变法的精神。

我多次想过，临潼的这个皇陵，比起汉唐的那些如山之高的皇陵，并不显得高大，并且可看的也就是一堆一堆的“泥人人”，但为什么却吸引着全世界的目光？在秦始皇之前的墓葬都是没有坟堆的，都是以活人陪葬。而秦始皇却一改前朝做法，不仅让每一个生命，包括皇家贵族，也包括普通百姓，都有了一个属于自己灵魂归宿的标识与纪念，而且取消了活人陪葬，而代之以陶俑。应该说，这是一种历史的进步，也是一种制度的开创。当然，更是一种对生命的珍视和对人性的张扬。自秦而后，包括汉唐的那些汉俑唐俑，都只是在形式和体格上有所变化。

我们被兵马俑吸引，还在于从那些栩栩如生的将士俑的一举一动、一眉一须中，我们能觉察到其内心世界和精神气质。兵马俑不但用雕塑语言向我们展现了秦人个体的性格特征和雕塑艺术的各种技法，而且以惊人的雕塑群体向我们展示了一个结构严整、气势恢宏、浑然一体的艺术世界。罗丹曾说过：“在艺术中，有性格的作品才是美的。”性格就是外部真实所表现的内在的真实，就是人的面目、姿态、动作……所表现的灵魂、感情和思想。这种艺术境界，两千多年前的中国人就达到了。

兵马俑坑中的陶俑陶马都是泥制的灰陶。在俑坑中没有发现模制的迹象，他们是一个一个仿照原形雕塑而成的。这些陶人陶骑在地下埋了漫长的岁月，出土时仍然保持了色泽纯、密度大、硬度高的特点。以手敲击，铿铿然有玉石之声。从俑坑中出土的十九把青铜剑，竟无蚀无锈，光亮如新。经专家用现代科学方法检测，其表面竟涂有一层厚约 10 微米的氧化膜，这也是震惊世界的发现。因为这种“铬盐氧化”处理方法是直到近代才掌握的先进工艺。更为惊人的是青铜剑的韧性。其中有一口剑，在出土时被一具 150 公斤的陶俑压弯，弯曲度超过 45° 。而当陶俑被移开的一瞬，这把剑竟反弹平直，自然还原。这种令人瞠目结舌的铸造技术，至今也是一个不解之谜。两乘大型的彩绘铜车马，其模具般的细致准确，其魅力四射的艺术神韵，更是青铜极品。别的暂且不说，单是每辆铜车马三千多个零件的复杂组合，就让人惊叹不已。其中既有每匹重达两百公斤的铜马主件，又有小不足两的附属零件，既有极难把握的人物铸造，又有构思奇妙的各种衔接。组合复杂精细严密的结构，以及铸造、加工、连接、装配的工艺技术，代表着青铜冶铸技术的巅峰水平，甚至不亚于今天的许多复杂的机器制造。

咸　阳

在来咸阳的高铁上，我想到了杜牧的《阿房宫赋》：六王毕，四海一；蜀山兀，阿房出。覆压三百余里，隔离天日……五步一楼，十步一阁……盘盘焉，囷囷焉，蜂房水涡，矗不知其几千万落。昔日辉煌庞大的阿房宫，也如汉之未央宫和唐之大明宫，变成了一片废墟。今天的咸阳还有什么？

我的第一站仍然是博物馆。咸阳博物馆坐落在明代洪武年间修建的文庙中，高大的木牌坊是博物馆的大门。在“辉煌的帝都——秦咸阳文明展”中，我看到了秦人从甘肃礼县的一个叫犬丘的边邑，经过八次迁徙而定都咸阳的路线图，那是长达五个半世纪的曲折奋斗历程。陈列中有商鞅变法时代的“大良造商鞅量”，有以善战闻名的军事将领白起、王翦、蒙恬曾经用过的刀剑兵器；有建造阿房宫、咸阳宫、兰池宫、望夷宫的巨型材料，以及齐式、燕式、楚式的各种饰纹瓦当。这些都成为秦人扫除六国并仿建其宫殿于咸阳原上的历史见证。

“咸阳古道音尘绝，西风残照，汉家陵阙”，这是诗人笔下的咸阳；“江南的才子山东的将，咸阳原上埋皇上”，这是民间流传的俗语中的咸阳。的确，咸阳原有汉唐帝王将相集中的陵墓群。西汉王朝自高祖刘邦到平帝刘衎，历十一帝，除汉文帝和汉宣帝外，其他九个皇帝都埋藏在长安城北的咸阳原上。唐朝从高祖李渊到哀帝李柷，共21帝，除昭宗和哀帝外，其余19位皇帝都葬在关中原上,因武则天和高宗李治合葬,共18座陵墓,俗称“唐十八陵”。由此可见，咸阳是汉唐帝王的风水宝地。我从咸阳博物馆的汉唐帝陵分布示意图中看到，咸阳中部嵯峨山、北仲山、九嵕山、王凤山横贯东西，分咸阳为南北两个具有不同特点的自然区域。渭河从咸阳南缘流过，与泾河在高陵相汇。其间又有黑河、马栏河、漆水河、泔河、清峪河、冶峪河、沣河、石川河等支流汇入。像秦始皇陵的背山面水一样，汉唐的那些帝陵也是以“枕山蹬水”作为标准选址的。这可能就是汉唐帝王集中埋藏在咸阳、关中原上的原因吧。

在咸阳博物馆有一个“浴火重生的西汉军团”专题展，展出的是在咸阳杨家湾发现的大规模的兵马俑集群。杨家湾地处汉高祖刘邦的长陵葬区。杨家湾西汉彩绘兵马俑共有士兵俑1965件，骑马俑583件，盾牌近千件，号称“三千人马”。这是1965年当地农民在平整土地时发现的，比秦兵马俑还早发现十年,当时也是震惊世界的重大考古发现。站在这些或持戟奋激，或昂首嘶鸣的“三千人马”的军阵前，我感到了“落日照大旗，马鸣风萧萧”的悲壮。同时，望着这些工艺精湛、色彩鲜艳、造型优美、保存完好的陶俑，我又感慨万千。是的，追怀旷远的过去，触摸历史的真实，两千多年漫长的岁月，并未给这三千兵马俑蒙上任何历史的尘垢。相反，因为时空的变换，它们在现代人的眼中已成为永恒的艺术。

从陈列展出来，我坐在拴马桩旁的一片竹林间的石椅上休息。石椅上还坐着一位老人，是从博物馆退休的，经常为游客做义务讲解。他对我说，要说咸阳出土的国宝级文物，那就多了。像淳化史家塬村出土的淳化大鼎，高1.22米，口径0.83米，重226公斤，其形体之庞大和重量仅次于河南出土的后母戊鼎。后母戊鼎是商代的青铜器，是方鼎；而淳化大鼎是西周圆鼎，比西周著名的大盂鼎（153公斤）、大克鼎（201公斤）还要重。淳化大鼎是迄今发现的西周青铜鼎中最大最重的圆鼎。咸阳市南门外的巨大雕塑就是淳化大鼎。这样的重量级文物一经出土，就被陕西历史博物馆收藏了。省博镇馆之宝之一的“皇后之玺”也是在咸阳长陵附近出土的，那是吕后的玉玺,也是迄今为止两汉时期等级最高且唯一发现的汉代皇后玉玺。除此之外，陕西历史博物馆很多藏品都是在咸阳出土的：鎏金鎏银铜竹节铜熏炉，是在兴平市茂陵附近出土的。鎏金鎏银，精雕细镂，是罕见的艺术珍品。青釉提梁倒灌壶，是咸阳彬州出土的，该壶壶腹倒置后酒水从壶底的梅花孔注入，从壶口而出，是五代时期耀州窑的精品。还有那些唐代壁画,《阙楼仪仗图》是乾县懿德太子墓出土的;《宫女图》是乾县永泰公主墓出土的;《马球图》《狩猎出行图》《客使图》，都是在乾县章怀太子墓出土的。陕博的十八件国宝级文物，有一半都是咸阳过去的。咸阳博物馆有什么镇馆之宝呢？老先生指了指我手中的门票说：“就是我们馆徽上的这件‘玉仙人奔马’，是咸阳周

拍摄 · 尤艇

陵乡出土的。”我说：“我刚才怎么没有看到呢？”他说：“咸阳馆藏文物两万多件，其中具有地域特色的秦汉至隋唐时期的重要出土就有五千余件，可谓浩瀚如海，群星闪耀，你怎么能看得过来呢？”

从高大的牌坊中走出来，我没有再去咸阳古渡遗址，虽然咸阳古渡也是关中八景之一；我也没有去汉武帝的茂陵，虽然那里有大朴若拙的石雕艺术精品，也有以汉武帝喜爱的大宛天马为原型而精制的汗血马金马。我匆忙地赶到咸阳北站，想在傍晚之前到达礼泉，给明天留出尽量多的时间看唐太宗的昭陵。我想，那个开创了辉煌盛世的帝王，其埋葬的地方也一定有着太阳一般的光华。

礼　泉

礼泉县在九嵕山之南。九嵕山是九条山梁，因九条峰峦颇似笔架，也叫笔架山。其中最高的那座山峰就是李世民的昭陵。昭陵是从九嵕山南侧的悬崖峭壁搭栈凿洞作为墓室的。陵依山势，耗费不多，但却成就了“天下名陵”。站在九嵕山的峰巅而望，群山环拱，河山锦绣。那些山梁山谷以及山下的平原上错落铺排着众多的陪葬陵，唐代著名的功臣如魏徵、房玄龄，著名的将领如秦叔宝、尉迟敬德，以及太宗的皇后贵妃公子公主。九嵕山与秦岭都是东西绵延，其南侧如华山一样挺拔高耸，而北边却平缓如卧。一条渭河，一条泾河，从九嵕山南北东流而汇，昭陵就是在这样的山水风水中突兀天下。这里到处都是苹果树、梨树、桃树、石榴树，礼泉的水果是闻名四方的，礼泉一向有“御果之乡”的美名。礼泉人也将当地的水果称为“御果”，比如小河御梨、榆村御桃、昭陵御石榴，等等。

我是在仲春四月来到礼泉的。遍地绽放的花朵五彩缤纷，层层叠叠。我就是在弥漫的花香中来到昭陵的北司马门的。神道两旁相对而立的24功臣像和6匹赫赫有功的战马，庄严而肃穆。昭陵是李世民和长孙皇后的合葬陵，在长孙皇后下葬后，李世民曾在墓前树立过一块碑石：“王者以天下为家，何必物在陵中，乃为已有。”一个伟大皇帝死后是如此低调，又是如此伟岸。这种“低调”也反映在那些功名显赫的名将的埋葬上。以三板斧闻名的程咬金，埋葬在烟霞镇上营村的一片苹果树林中。被中国老百姓尊为“门神”的秦琼、敬德，一个埋在袁家村的一个角落里，一个埋在烟霞镇的一条街边。如果不是有碑石为证，人们简直不敢相信，那两堆黄土就是这两位威武人物的最后归宿。

昭陵博物馆坐落在烟霞镇西侧李勣的墓园中。馆中最为有名的不是那些出土的胡俑、骆驼、三彩马、金银器，而是被集中保护起来的碑石和墓志铭。昭陵之光华最夺人的是那些昭陵碑石的光华，是那些具有巨大书法艺术价值的光华。初唐盛行楷书，而“初唐四大家”的欧阳询、褚遂良、虞世南和薛稷的典范作品，在这里都可以一饱眼福。令我驻足时间最长的是尉迟敬德的墓志。这块墓志一米二见方，其上题刻的文字为“飞白体”，笔画中夹杂着丝丝点点的白痕，像用枯笔写成，虚实相济，苍劲雄浑，又灵动飞扬。这种书体是迄今发现的唐代墓地中绝无仅有的，也是昭陵博物馆的镇馆之宝。在这座博物馆的陈列中，还有唐高宗李治“御制御书”的《李勣碑》、王知敬的《李靖碑》、畅整的《程知节碑》、欧阳询的《温彦博碑》、褚遂良的《房玄龄碑》。那些如林而列的墓碑和墓志，完整地呈现了唐代书法的发展进程，件件都是稀世珍品。当然，最令我激动的是，我还看到了线刻的唐太宗画像碑。这位英明的皇帝身材高大，气宇轩昂，留有一把卷曲的络腮胡须，眼窝深陷，鼻梁高耸。

礼泉县城的街巷、店铺、树木都给人一种古朴的感觉。在礼泉文庙的一条老街旁，有一个国槐围绕的广场，人很多，熙熙攘攘，如乡间的集市一样。最热闹的地方是那几处民间的自乐班。板弦者带着墨色石头镜，穿着黑衣黑裤。演唱者粉墨登场，身着绸面戏装。一折一折的秦腔，一浪高过一浪。我在一排小吃摊上要了一碗烙面，又要了几块不同口味的红星软香酥。据说，这里的烙面是历史上最早的方便面。柔韧的擀面在铁锅中要先烙熟，再用刀一条一条切开，团叠成包，只需用开水加了臊子即可餐食。烙面也如手中香酥的软饼，和周遭小摊上热气腾腾的笼笼肉和柱顶石馍，都是礼泉饮食文化的特色。

乾　县

乾县，古称乾州，也是一个历史悠久、文化深厚的地方。当我在乾县高铁站下车时，已是夜幕降临了。即将进入县城之际，唐高宗李治与武则天并肩而立的塑像映入眼帘，灯光将其打造得光芒四射。显然，这对在中国历史上独一无二的夫妇，以及他们共寝的独一无二的皇陵，成为乾县独特的旅游资源，给乾县的旅游业带来了巨大收益。

乾陵也是以山为陵的。那座山叫梁山。从远处望，乾陵的地形像极了一个平躺的女人。梁山如头，御道如身，两侧的两个山包，被称为“乳峰”。又有两条河绕梁山而下，恰如女人优雅的辫子。据说在选址的时候，武皇让当朝的两位风水大师袁天罡和李淳风外出考察。两人回来报告说，地方选好了。武皇问有标记吗？一个说，他在那里埋了一个铜钱。一个说，他在那里钉了一个钉子。武则天亲自去看了，想不到那枚钉子就钉在铜钱的孔方中。传说是神奇而神秘的，但当你站在这里环顾，四面皆是平原，唯独这里拔地而起，紫云升腾，且有着如此奇妙的山水，你就不能不相信大自然的神奇。

乾陵御道也叫神道，神道两侧有石人、石马、石仲翁，陵前还有两组与真人同样大小的61尊石雕群像。这61尊蕃臣像，又称“王宾像”，都是用整块原石雕琢的，有的袍服束腰，有的翻领紧袖，发式、衣着和面貌各不相同。他们都双足并立，两手前拱，整齐恭敬地站在陵前。这些石像见证了大唐王朝的辉煌。遗憾的是这些石像头部大部分遭到了破坏。值得一提的还有乾陵朱雀门前的述圣纪碑和无字碑。一座是五节，碑身上记述着高宗的文治武功；一座是整石不着一字，千秋功过，任由后人评说。

在唐十八陵中，昭陵的九嵕山是最高大的，那是一种耸立天地间的威严与伟岸，因其庞大的规模和数量巨大的陪葬墓而被誉为“天下名陵”，是初唐走向盛唐的见证。而乾陵因其61尊番邦大臣的恭敬，让后人感受到了“四夷宾服”“万邦来朝”盛唐气象。而就乾陵本身之独特地理，及其呈现的阳刚与阴柔之美的完美结合，则是唐十八陵中独一无二的。

乾陵博物馆在永泰公主的墓院内。当我来到博物馆时，这里正在举行“今年花开逛咸阳”暨“梦回大唐·乾陵精品文物展”启动仪式。走进“乾陵精品文物展”，看四千件各具神态的三彩人物俑、动物俑，看百余幅绚丽多彩的墓室壁画，看1500平方米的石椁线刻画，在梦幻般的光线中，我拥有了一次豪奢的艺术体验。在“唐代胡俑精品陈列”中，从“葡萄美酒夜光杯”到“五彩斑斓映长安”，到“九天阊阖开宫殿”，到“万国衣冠丽皇都”，在千年的时空穿越中，在那些流光溢彩的玻璃器、金银器和茶绿酒红的歌舞中，我对那条波澜壮阔的丝绸之路，以及创造这种历史的开拓、开放、融合精神，有了一种神往和敬仰。

永　寿

从乾县向西北而上，进入永寿。这里是关中盆地和黄土高原的过渡地带，因其特殊的地理位置，自古是“秦陇咽喉”，也是古代兵家必争的战略要地。据《永寿县志》记载，历史上发生在这里的较大军事活动就有 46 起，至今保留的与军事有关的历史地名占到全县地名的 5.3%。更有趣的是，永寿还是一块“飞地”。飞地是指属于某一行政区域管辖，但又不与本区域相毗连的土地。

在永寿县博物馆，有新石器时代仰韶文化的带鋬陶鬲、单耳红陶釜，有商周时期的铭文铜尊、中滋鼎、父癸鼎，有汉代的彩绘陶兽、陶鼎、陶勺、陶井、陶楼，有汉唐时期的海兽葡萄纹铜镜、半身胡人俑、风帽男立俑，以及宋元明清时的龙钮铜壶、八卦铜铃、带孔大铁锅等。对于唐朝的海兽葡萄纹铜镜，我是最感兴趣的。虽然永寿的同志说，那只带流口的中滋鼎才是镇馆之宝。海兽葡萄纹铜镜上面的花纹，特别是在累累的葡萄果实中，小鸟在鸣叫，蝴蝶在翩翩起舞，令我印象深刻。讲解员说，这也是他们馆藏的国宝之一。这面铜镜内区之钮周为海兽葡萄纹及树叶，外区之纹由诸多兽、鸟、蝶、葡萄枝叶组成。内外区之间有一周遍布云花纹的凸棱相隔，且呈斜面内倾。海兽在汉唐时是从海外而来的狮子，葡萄也是从西域传入中原来的，而这些都与丝绸之路有关。永寿作为古丝绸之路的重要驿站，这面铜镜和从这里出土的大量半身胡俑和风帽俑，都是古丝绸之路中西文化交流的历史遗存和见证。千余年的诸多辉煌和沧桑，都会随着叮当的驼铃和飞奔的战马而去，唯有这些历久弥坚的文物承载和诉说的一切，才是人类智慧的里程碑，才是堪为珍重和敬重的。

永寿是以福寿文化为中心的。县城中心有一个福寿广场，“百福”铺地，

“百寿”叠塔,吉祥云集。在与一位老人的攀谈中,他说,甘井有一座皇家寺院,叫云寂禅寺，里面有一棵文冠树，也叫长寿树，是永寿地名的来历。

听了这话，我就又沿着遍地开着槐花的乡间公路向甘井而去。那座古老的寺院有许多碑石和舍利塔。碑文记载：其寺甚古，未知建于何年，重修于金大定四年，规模宏大云云。院内有一歇山顶钟楼，由青砖垒叠而成。东西敞开，南北开窗，龙形的“伏螭”铁钮悬挂在砖塔内的粗木支架上。铁钟高205厘米，口径180厘米，重6000公斤，铸有“皇帝万岁”“臣佑千秋”的楷书大字和满满当当的铭文。一僧人经过，我问其长寿树在哪里。他说，你是说那棵文冠果树吧？那树不在这里，离这里还有一段路程，在甘井的云集生态园里。我又问，那为何说这棵树在云寂寺里呢？他回答说，原来的云寂寺大得很，是皇家寺院，要骑马关庙门。我又问，文冠树为何又叫长寿树？他说，这种果树在孙思邈的《千金翼方》和李时珍的《本草纲目》中都有记载,其果可入食也可入药。人食之身强体健,长命百岁。他接着说,这种树常能活几百年几千年，寺庙里多有种植。因文冠果油不像别的油，它没有熏烟，常作为“长明灯”在寺院点燃。古人以科举应试，因“文冠”与“文官”谐音，所以每到应试发榜的时候，各地的考生都会到文冠树前祈祷好运。

这倒又引起我的好奇心了，我又去了云集生态园。那是黄土高原一片极高旷的地方。“关中壑谷,诗酒远山”,高天流云,万象群集。从一座叫“幸福门”的桥上跨过一道深沟，进入窑洞式的寺院。那棵开满雪白花朵的文冠果树，如云冠龙蟠，花香四溢，上面挂满了祈福的丝绸和寄符。当我问到这棵树的树龄时，寺中的女居士告诉我，这棵树是明代高僧碧峰禅师亲植的，已有六百余年了。这里原是高僧的母亲吃斋诵经的地方。我问，长寿果是什么样子？那位女居士从窑洞里取出几粒像咖啡豆一样的果实。她说，文冠果成熟的时候，姿态就如莲子绽开一样。

天色已晚，我在周围有1300亩槐林杏林枣林核桃林柿子林的“氧吧窑洞”住了一夜。壁上挂的是“监军战鼓”。永寿的红豆小米饭,永寿的槐花蜜,永寿的“万柿如意酒”，似乎让我回到了久违的故乡。

彬　州

从永寿继续北上，高铁在穿越永寿梁的黄土隧道群间奔驰。在天地豁然一亮的时候，彬州东站到了。

彬州，古称豳州，是曾经的古豳国所在地，两次改名，先是改为邠州，后又改为彬州。周人的首领公刘曾率部落在此定居。诗经中有《豳风》记载豳地的风土人情。公刘死后也葬在彬州。

有朋友来车站接我前往公刘墓探访，他是范公中学的历史老师。范公中学因范仲淹曾在彬州大兴教育而得名。我们从泾河川道上塬朝东南而去。一片片的麦苗正在拔节，一片片的油菜花灿烂如金，一片片的梨花如雪花一样耀眼。在即将进入龙高镇的公路上，有一青砖砌成的古朴大门，门额上镌刻着“中国定居农耕第一城邑”，两边的对联是：“教民稼穑绵百世，司农开国振千秋。”大门的另一侧也有对联：“一代兴王地，千载志古豳。”经过龙高镇，又翻过了几道沟梁，我们才到达了一个叫土陵村的地方。土陵村在一片凹地中，四面皆塬，三面临沟，泾河从村南流过，一个高大的冢堆就隐藏在这样的谷地里。如此的山水地理，让我想到了“豳”字的象形。是的，身处“戎狄之间”，以山塬遮掩而藏，又临水而居而耕，豕应是家庭的畜养，那是从游牧生活到耕畜生活方式的进步，也应该是周人安居乐业的诠释。

在高大的坟冢前，有清朝乾隆年间陕西巡抚毕沅所立的碑石：周邠公公刘墓，也有历代祭祀的祠庙和新建的门阙、大殿。大殿正中，塑有“农耕之祖”公刘的坐像：公刘肩披长发，袒胸赤足，双臂怀抱着捆束的谷穗。在那些斑驳沧桑的碑石中，我看到了司马迁《史记·周本纪》的节录：“不窋末年，夏后氏政衰，去稷不务。不窋以失其官而奔戎狄之间。不窋卒，子鞠立。鞠卒，子公刘立。公刘虽在戎狄之间，复修后稷之业，务耕种，行地宜。自漆、沮度渭，取材用。行者有资，居者有积，民赖其庆。百姓怀之，多徙而保归焉。

周道之兴自此始，故诗人歌乐思其德。公刘卒，子庆节立，国于豳。”古豳国应有南豳和北豳之分。庆阳那边应是早期的北豳，而彬州这边应是南豳。不窋陵在庆城，公刘陵在彬州，就清楚地说明了这一点。

“公刘故里，丝绸佛都，山水彬风”，在这样的巨幅标语中，我们又来到了大佛寺。颇有盛名的彬州大佛寺，在彬州城西十公里的西兰公路旁。西兰公路也是古丝绸之路东段北道经过的路线。令彬州人民荣耀的是，2014年作为中国、哈萨克斯坦和吉尔吉斯斯坦联合申遗的“丝绸之路：长安天山廊道路网”的重要遗址点，彬州大佛寺已成功入选世界遗产名录。

大佛寺同敦煌之莫高窟、洛阳之龙门石窟、大同之云冈石窟和天水的麦积山石窟一样，也是以山起刹，依崖凿窟，雕石成像的。大佛窟、千佛洞、罗汉洞、丈八佛窟的1980余尊造像，错落有致地分布在清凉山的立体岩面上。大佛窟是全寺最大的石窟，且如敦煌的千佛阁一样，有气势宏大的护楼，近可俯见大佛的雄姿，远可眺望山水风光。窟内的“一佛两菩萨”石胎彩塑，肃穆端庄。居中的阿弥陀佛高20米，侍之两侧的观世音菩萨和大势至菩萨高15.6米。窟内周壁上还有众多的浮雕坐佛、飞天伎乐和造型各异的四百余龛小坐佛，构成了一个富丽祥和的佛国世界。

朋友对我说，彬州的大佛是以唐太宗李世民为原型作的，洛阳龙门石窟的卢舍那大佛是以武则天为原型而塑的。彬州大佛高20米，洛阳卢舍那大佛高17米，云冈石窟和麦积山石窟最大的佛像也是17米。所以说，彬州大佛的“一佛两菩萨”都比它们要高大。彬州的大佛寺两侧的窟群中，东侧的千佛洞，其以浮雕为主的三百余尊造像，姿态更加生动，都呈现出优美的S造型，犹如唐代壁画中的仕女，大多飘逸飞动，如歌如舞，充分体现了唐代自由开放的社会风尚。其集人体的写实美与夸张美于一体的雕刻艺术，被国外游客惊为“东方维纳斯群雕”。西侧的罗汉洞，其连缀而成的石窟，遍布壁上的浮雕经变故事，特别是文殊菩萨骑乘的那头狮子，狮背双莲，狮颈系铃，狮尾摆动，让人仿佛能感受到一种嘶鸣奔腾的强烈动感。还有丈八佛窟、修行窟，大小洞窟一百余所，层层叠叠，有方有圆。有的一窟四室长宽十米，有的一窟一窑两米见方。或以竖井相通，或以石廊相连，进入其中，犹如进入一个神秘的空中迷宫。这种庞大而连贯的窟群，在全国的佛教石窟建筑中也极为罕见。

从大佛寺出来，已是华灯初上。我住在豳风街的国际花园酒店，那里是彬州最繁华的地方，璀璨却不喧闹。我和朋友要了一盘御面，一盘酒枣，一盘桂花蜂糕，一笼香菇烧卖，两碗杏仁油茶。朋友说。别嫌简单，这些都是彬州人招待客人的传统小吃。御面切成薄片，色亮如玉。酒枣是用彬州大晋枣浸泡的，其间还点缀着几片油炸麻叶，清醇芳香，香甜酥脆。蜂糕是用麦面和蜂蜜做成的，加有桂花和鸡蛋，菱形的小块状如蛋糕。烧卖的形状像天津的“狗不理包子”，曾是彬州人作为夜宵的提篮小卖。在聊起彬州的物产时，朋友说，彬州梨、彬州枣、包括彬州苹果、彬州柿子，都是有历史的。像彬州枣，《诗经·豳风》中就有“八月剥枣”的诗句，在民间也有“八个一尺，十个一斤”的美誉。果实大，果形美，果色鲜，且皮薄核小，肉质和味道就更不用说了。特别是那些树龄在三百年以上的大晋枣，药用价值极高，自古以来就是皇家的贡品。彬州枣有三千余年的栽培史，现在还有一万多亩的面积，年产一千吨左右，市场很抢手，也是馈赠朋友的珍品。

朋友要走了，给我留下了一箱彬州晋枣。望着豳风街上的灯火斑斓，望着春风中的新绿槐柳，望着朋友远去的背影，我想，彬州是古老的、富裕的，也是年轻的，温暖的。祝福彬州！

‖ 高天厚土说庆阳 ‖

从中国地图上看，庆阳就像一只拳头，伸进陕西的腰部。整个庆阳，除了西边有一口与甘肃陇西连通，其余的边界几乎全被陕西和宁夏包围着，颇有一种“甘肃飞地”的感觉。这片 2700 平方公里的土地，因处于六盘山(陇山)之东，四周高中间低，又被称为“陇东盆地”。庆阳在历史上长期属于关中经济圈和文化圈，明清时期是归陕西管辖。因此，无论从地形地貌、民情风俗，还是庆阳人浓厚的秦人口音、饮食习惯都让我对庆阳有一种心理上的亲近感。

记得坊间有一句话：八百里秦川，不如董志塬边。我原以为这句话是庆阳人的自夸。但当我真正踏上董志塬，并在那些顶面平坦宽阔、周边为沟谷切割的黄土高地上游走的时候，我甚至觉得“塬”这个字就是作为表述庆阳独特的黄土地貌而生的。在整个黄土高原地区，包括渭北高原和陕北高原，庆阳的“塬”可谓是最多的，地名中使用“塬”字也最为广泛。董志塬作为一种桌状的黄土堆积平台，南北最长处达 110 公里，东西最宽处达 50 公里，面积达 910 平方公里。这样的董志塬，当然要算是“天下第一塬”了。除了董志塬，庆阳还遍布着诸如早胜塬、宫河塬、西华池塬、临泾塬等 11 个面积在 20 平方公里以上的大塬，还有诸如南庄塬、长城塬、金村塬等 8 个面积在 15 平方公里的小塬。此外，还有更多的面积合计为 208 平方公里的微型塬。据统计，庆阳大大小小的塬和以塬命名的地方有上千个。从高处俯

拍摄 · 曹文福

瞰，这些塬像花朵、花瓣，层层叠叠，五彩斑斓，让人感觉这本身就是一种蔚为壮观的大地艺术。

可能正是庆阳的这种高天厚土和其土地、物产资源的富饶和丰足，决定了它能够成为中华民族早期农耕文明的发祥地之一和中国中医药学的发祥地之一，也决定了其能够成为历史上的一块创业复兴的福地。

纵观中国历史，当许多政治力量处于生死存亡的困难境地时，庆阳经常作为复兴重振的休养生息地和扭转乾坤的战略转移之地而存在。从周先祖不窋率族人“自串戎狄之间”，在庆阳一带“教民稼穑”，复修后稷之业，“而生聚亦渐蕃，物力亦渐充”，“周道之兴自此始”，为后来周王朝的八百年江山奠定了根基；到唐“安史之乱”，太子李亨驻跸彭塬(今董志塬镇附近)，以此为基地号令天下，最终平定大乱，扭转颓势，中兴了大唐之业；在中国现代革命史上，遭受了第五次反“围剿”的中央红军，经过二万五千里长征的战略转移，最终将落脚点选定在包括庆阳在内的陕甘革命根据地，中国革命由此获得新的转机，最后夺取了全国的胜利。

确实，庆阳正像它的名字，是一个自带光芒的地方。汉唐丝绸之路在庆阳会通。在不同时期，形成了著名的萧关道和灵州道。“丝绸之路”分东、中、西三段。其东段，即长安至凉州（今甘肃武威）段，自西汉后期就已形成南北两道。南道从长安沿渭河向西，经天水、临洮、兰州至凉州。北道即萧关道，自长安经庆阳镇原、平凉到宁夏固原，在今靖远西北过黄河而抵凉州。“丝绸之路”东段的南北两道因战争断绝后，由长安经彬州、庆州、环州、灵州至银川的灵州道，担负起新的历史使命，成为通往西域的交通主干道。特别是唐末五代至北宋初间，来往于灵州道上的使臣、商贾、僧侣，熙熙攘攘，络绎不绝。而古之灵州道与现在的211国道、银西高铁的路线几乎完全重合。在我沿着银西高铁而来的时候，我在庆阳的行走，也包括在银西高铁所覆盖地区的行走，沿途之所以有那么多具有深厚历史积淀的文明印迹，有那么多闪耀着异彩光芒的文物古迹，其重要根源就在于灵州道作为“丝绸之路”主干道的那段光辉的历史。

庆阳有八个区县，每个区县都有自己的博物馆，还有许多民俗馆、石刻馆、非遗馆，其历史之悠久，藏品之丰富，品级之优等都是令人惊叹的。它们散发着属于自己的光芒，填补了人们对庆阳历史认知上的许多空白。

庆阳市博物馆，馆藏文物一万多件，不仅有驰名中外的“黄河古象”“环江翼龙”化石，而且有早在1920年就发现的人工打磨痕迹清晰的石英岩石核石片。这是中国境内出土的最早的旧石器时代文化遗存。正是这三块中国最早的旧石器，揭开了中国史前考古的序幕。在庆阳市博物馆，我还看到了距今4800年的南佐遗址出土的炭化谷粒，以及仰韶文化时期的彩绘尖底瓶、横折纹尖底壶、勾叶圆点纹彩陶盆，还有著名的商代“乍册吾”玉戈，汉代彭阳铜鼎、铜量，唐代三彩鸭形柄角杯，宋代玉壶春瓶等瑰丽宝藏。特别是唐代三彩鸭形柄角杯，其杯柄由回头的鸭嘴衔接鸭尾卷曲而成，螺旋形的羽毛分披两侧，鸭眼机警圆睁，神态栩栩如生。其杯角呈喇叭状，两侧伫立着活蹦乱跳的两只幼鸭。整个杯子通身施以三彩釉，色泽如翡翠玛瑙般流光溢彩。在庆城博物馆七千多件各类文物中，其周祖农耕文化、岐黄文化、石雕碑刻，特别是唐代出土的大量彩绘胡人陶俑，各具神态，精彩异常，具有极高的历史价值和艺术魅力。在环县博物馆的4600余件馆藏文物中，有汉代的铜弩机、宋代的瓷碗瓷碟，还有陇东民间戏班演出中的一千余件明清时期的皮影。最难忘的是皮影艺人们为我表演的那折《仁义匾》，那是我一生中看得最为享受的一场戏，至今仍历历在目，余音在耳。

在短短三天的庆阳之行中，我还看了多个专题展览，深深地感受到庆阳民间文化和民俗文化的魅力。在“陇上锦绣”庆阳香包展中，我不仅看到了那只金代的“千岁香包”，而且看到了清代长达1.8米、宽1.04米的绣花门帘，以及诸多近代以来的刺绣荷包和传统绣片，其粗犷、古朴、神秘、雄浑、厚重的风格，让我似乎抚摸到了这片黄土地最原始、最深厚的精神内核。在“金剪飞花”庆阳剪纸展中，我不仅看到了包括自然崇拜、图腾崇拜、生殖崇拜、灵魂崇拜的“老剪纸”，同样看到了诸如婚丧寿宴、衣食住行、岁时节日、礼仪习俗，以及革命题材的“新剪纸”，那是华夏民族自古而今追求生存、繁衍、变革、进步，追求和谐社会和美好生活的观念、精神和人类最真挚情感的生动体现。在“先贤英业”庆阳名人展中，我看到了岐伯、公刘、傅介子、王符、傅玄、狄仁杰、范仲淹的雕像，以及他们的生命历程和为这片土地和中国历史作出的贡献。在“翰墨华章”庆阳书画展中，我看到了包括米万钟、李梦阳、张孝友等古今书画大家的墨宝。一幅幅穿越时空的作品，也如同那一个个闪光的名字，在历史的长河中熠熠生辉。庆阳可谓地灵人杰，群星辉映。

庆阳民俗文化可圈可点的地方太多了。每到一地，我似乎都能看到一幅幅黄土高原的风情画卷。这片土地上的人们对于文化的热爱、执着和传承是深入骨髓的。中国香包刺绣之乡、民间剪纸之乡、环县道情皮影之乡、徒手秧歌之乡、荷花舞之乡、中国红色民歌之乡，这些或是列入人类非物质文化遗产代表作名录，或是列入国家级非物质文化遗产目录的非遗项目，都为庆阳文旅事业的腾飞插上了翅膀，作出了贡献。

天下黄河富宁夏

宁夏面积6.6万平方公里，人口660万，像一只金色凤凰，在北国大地上展翅飞翔。黄河从甘肃的山山岭岭中一路奔来，仿佛在这里歇歇脚似的，层层叠落的黄土地，漫无边际的稻田，以及宽阔的河流中腾跃的大鲤鱼，都引出了关于“天下黄河富宁夏”的美谈。

宁夏有三万年前的水洞沟遗址，是中国最早发掘的旧石器时代文化遗址；有三千到一万年前的贺兰山岩画，也有中国唯一、世界最大的岩画博物馆，那里保存着人类童年的记忆，也是神秘的史前艺术长廊；还有古丝绸之路的萧关道和灵州道，也有保存完整的长城军事防御建筑体系。这一切都让黄河“几”字弯中的这片土地呈现出一种独特的风情。

在9月初的一天，我从吴忠来到银川，住在火车站旁的铁道宾馆。那里属于银川市的西夏区，抬眼即可望见西边的贺兰山。阳光下的峰峦裸露着青色的轮廓，也显示着一种雄浑的力量。此行第一站还是博物馆。因为我一直认为，一个地区的博物馆就是这个地区历史文化的浓缩。在那种有限的空间和凝固的时间中，可以触摸到历史的脉搏，感受到其心脏的跳动。

站在宁夏博物馆回字形的白色大理石门前，首先映入眼帘的是门额上方的金色图案：一条波澜起伏的河流，一轮光芒四射的太阳。这条河流是“天下黄河富宁夏”的黄河，这轮太阳是贺兰山太阳神岩画。当然，也有人说，那条曲折的横线代表的是贺兰山，也有“丝绸之路”的蕴含。在对这个馆徽的设计者充满敬意的同时，突然，我想到了中国文化遗产标志，那幅“四鸟绕日”(也叫太阳神鸟)的金饰图案。那向四周喷射出十二道光芒，且有

拍摄 · 曹文福

强烈动感的太阳，以及那四只绕日而飞的“太阳神鸟”，与馆徽中黄河之上的太阳光芒，都是光明、生命和永恒的象征，都体现了中华民族强烈的凝聚力和向心力。

在“朔色长天”的宁夏历史陈列中，我没有在“西戎春秋”“帝都藩屏”“浩荡胡风”的风雨云烟中作太多停留，而是仔细看了“大夏寻踪”这一章节,在这里,我看到了作为“镇馆之宝”的鎏金铜牛。这头卧牛长 1.2 米，高 0.45 米，宽 0.38 米，其体格之硕大，形象之逼真，比例之匀称，线条之流畅，代表着西夏时期青铜制造的高超水平。我也看到两个巨大的灰陶鸱吻和琉璃鸱吻，它们仅仅只是西夏王宫屋脊两端用于装饰的两只鸟。我还看到了作为西夏王宫建筑基础的两块巨型的石雕力士志文支座。如此形体硕大的鸟兽和支座，让我想象着它们所在的宫殿是何其雄伟和宏大。我也看到了那尊流泪的彩绘泥塑佛像头。讲解员说，那是菩萨眼珠的釉料在高温下融化流出所致。

另一件“镇馆之宝”，即两扇石刻的胡旋舞墓门，也同样向我们述说着作为古丝绸之路的灵州道上的民族融合和生活华彩。胡旋舞是唐代非常流行的一种乐舞，但对这种乐舞只有一些史书记载，少有实物佐证。这两扇胡旋舞石刻墓门，却有着清晰、典型的胡旋舞图案。白居易曾写过胡旋舞的长诗，大意是说，胡旋女在鼓乐声中急速起舞，像雪花在空中飘摇，像蓬草在风中旋飞，连飞奔的车轮都比她缓慢，连急速的旋风都比她逊色，千圈万圈旋转不停，观者几乎不能看出她的脸和背。这两扇胡旋舞石刻墓门的出土，让这种沉寂千年的舞蹈重现人间，其艺术价值和史料价值都是无比珍贵的。

从宁夏博物馆出来，我们乘车走马观花地看了老城区的南薰门、玉皇阁、鼓楼、南关清真寺、承天寺塔和海宝塔。承天寺塔，当地人称为“西塔”，与之齐名的海宝塔被称作“北塔”。一座是西夏国国王赫连勃勃所建，一座是西夏毅宗天祐垂圣元年，即公元 1050 年所建，它们独特的外形看上去像两株耸天的竹笋。南薰门是银川古城六大城门中唯一保留下来的门楼。玉皇阁类似于西安鼓楼的样子，但其规模要小得多。

今日的银川和吴忠一样，天空蓝得很干净，不像我三十年前来时满城弥漫着漫天黄沙。街道很宽阔，人车也不多，没有大都市的喧闹和被拥挤在楼宇间的压抑感。这种疏朗、开朗、豁亮的感觉，俨然已成为一种久违的体验了。穿行在这座塞北的城市，司机告诉我，黄河从这片“银色河川”中穿过，黄河冲积的平原上散布着近万顷大大小小的湖泊。自秦始皇移民开秦渠建设“新秦中”以来，宁夏人民就有重视水利的传统。如今，仅银川的三个市辖区，即西夏区、金凤区、兴庆区，从东到西就有惠农渠、汉延渠、唐徕渠、西干区等四大干渠。吴忠那边的河渠更稠密，纵横交错。银川街道两边的行道树以国槐居多，当我问到银川的市树是不是国槐时，司机说，国槐是银川广为栽植的骨干树种之一，但银川的市树是沙枣树。宁夏一半是沙漠，一半是平原。沙枣树是银川的乡土树种，生命力顽强，最能代表银川人坚强不屈的精神。街道两边还多植有玫瑰花和马兰花。他说，玫瑰花是银川广泛种植的景观植物，这里有一种玫瑰叫苦水玫瑰，能在恶劣的自然环境中生长。马兰花生命力顽强，最能代表银川人勇敢、善良、坚毅、宽厚的品格，是银川的市花。他还告诉我，银川还有市鸟，是喜鹊，市区到处都飞得有，那是吉祥的象征，叫声也动听。

宁夏的土特产种类很多，为世人称道的有枸杞、甘草、贺兰石、滩羊二毛皮和发菜，因其颜色分别为红、黄、蓝、白、黑，而被称为“宁夏五宝”。枸杞在宁夏，已经有五百余年的栽培史。《本草纲目》中说：“全国入药杞子，皆宁产也。”宁夏的枸橘果实硕大，肉质饱满，色泽鲜红，味道甜美，个个都晶莹如红玛瑙，外地游客都是要带一些回去的。贺兰石出产于贺兰山脉笔架山一带，以绿色、紫色的单色为主，如果绿中有紫，紫中带绿，且杂有褐色斑纹，则是贺兰石中的上品。贺兰石雕成的贺兰砚，清雅莹润，墨汁多日不干，也很受外地游客欢迎。滩羊皮也叫二毛皮，是由一个月左右的滩羊羔皮精制而成。其毛质洁白如雪，光泽如玉，自然成绺，纹似波浪，柔暖轻便，坚韧耐穿，向有“轻裘”之称。古诗中说的“千金裘”，就是指这种由二毛皮制作的裘皮大衣，它是一种地位和财富的象征。至于宁夏的甘草和发菜，它们是草原上的野生特产，近年来由于过度采挖导致植被破坏，政府已明令禁止上市并限制采挖了。

拍摄·曹文福

第五章

红色基因

乘着高铁，聆听奋斗故事

作者

范夫生 田丽华 于泳

2020年12月26日上午9时许，一声汽笛长鸣，D4385次复兴号动车组如一只孔雀，如一条巨龙，又如蓝天映衬下的一轮海波，轻盈地驶出银川站，经灵武市，跨黄河，经吴忠、环县、庆城、庆阳、宁县、彬县、永寿、乾县、礼泉、咸阳，飞入西安北客站。把昔日的铁路运行时间由过去的十四个小时大幅缩短至三个小时，此趟动车的开行标志着银川至西安高速铁路的正式开通运营。乘者高铁，踏上红色热土，细数峥嵘岁月里革命先辈的奋斗故事；还看今朝，银西高铁从勘察、设计、施工到开通运营，聆听铁路人传承红色基因、接续奋斗的故事。

‖ 传奇“木匠”涂作潮 ‖

范夫生

朋友自银川来，他为了写一部人物传记，到西安八路军办事处采风。我问他，写哪一位大人物？朋友知我对人文历史有兴趣，故作神秘道：一个很有故事的人。哪一位？朋友却卖起了关子：这个人很传奇，“西安八办”有他的照片。我说，谁？他说，到了，就知道了。

问清他的车次，我去接站。西安北站高大、宽敞、古朴。2008年修建时为亚洲最大的高铁车站，有18站台34线。站名“西安北站”四个汉隶大字敦厚、质朴、庄重，似汉武帝茂陵前的石牛，仔细端详也就汉隶的厚重才压得住这一阔大建筑。

有朋自远方来，不亦乐乎。我和朋友在站台上相互拍打，热情拥抱后朋友问，怎么走？我说，坐2号地铁，北大街下，二十分钟。

从站台一路坐电梯下到地铁站，朋友欢喜道，真方便。从地铁站出来，站在宽敞的北大街路边，我向南边一指，钟楼！西安城的中心，地标性建筑，明代的。然后又向北指着高高的城楼，说，那是安远门，也叫北门，也是明代的。朋友说，银川也有南门，也有玉皇阁楼，也是明代的，只是比西安的小些。

到了八路军办事处，文友老孙已在门口等候。老孙童颜鹤发，银须飘逸，很有点仙风道骨，一口纯正的西安话悠扬顿挫，字正腔圆。他是一位文史发烧友，在八路军西安办事处干了一辈子，对这里的逸闻典故了如指掌。二位聊了片刻，甚是投缘。老孙问过朋友此行的目的，便引我们进入“八办”。

老孙说，近代西安发生的大的政治事件就是西安事变，它是时局转换的枢纽，促成了抗日民族统一战线的建立。西安事变后这里转为半公开的红军联络处，抗日战争开始后改为国民革命军第八路军驻陕办事处。

这地方叫七贤庄。七贤庄始建于1934年冬。由十座“工”字形土木结构的院落组成，借《晋书》中的“竹林七贤”而得名的。门头由当时的文化名人成柏仁题书。1959年在此建立了西安八路军办事处纪念馆。

展区一路走去，领袖、战将的相片，金光闪闪。在一号展厅，有一张照片人们多不在意，老孙手指着这张照片给朋友介绍说：“这就是你要写的共产党历史上的传奇人物‘木匠’涂作潮。”朋友兴奋地拍手道：“就是他，就是他！”并急忙拿出手机连连拍照。

涂作潮是长沙人，1903年生于长沙，幼学木工，1924年在上海，由蔡和森之兄蔡林蒸和林育英（张浩）介绍加入中国共产党，五卅运动后身份暴露，被党送至苏联学习电台通讯，成为共产党自己培养的第一批电台机务专家。

1928年党的六大在莫斯科召开。周恩来听了他的自我介绍，亲切地拍着他的肩膀笑着说：“我们以后就叫你涂木匠。”自此在中央机关，中国工农红军总部，党的许多领导人都是直呼涂作潮木匠，真名反而知者不多。

1934年秋红军长征时，他患上疟疾，几不能行，只好留在苏区。

半年之后，留下的红军部队被打散，撤入深山。组织为了保护他，又考虑到他是湖南人，让他去湘西追寻红六军团。但山高路远，红六军团行踪飘忽不定，加之国民党“宁可错杀一千，不可放过一个”的险恶环境，他追寻半年无果，只好先至上海寻找地下党。在漂泊中终于接上组织关系。这时已经是1936年了。

在陕北的毛泽东、周恩来得知“木匠”归队，大喜过望，连发电报：木匠6月12日随董牧师等到达西安，7月20日进入苏区。

1936年的上海一片白色恐怖。地下党员居无定所。电报到涂作潮手里已是三个月之后的事情了。

9 月的一天，组织派人找到他，给了他一封信和 40 元钱，信封上写着：刘多荃师长（张学良部下）收。让他去西安。

1936 年中秋节前，他化名蒋贵庭来到西安，住进了东大街西京饭店。第二天刘鼎就找到了他，刘鼎是他留苏的同学，二人热烈拥抱。

刘鼎当时经宋庆龄介绍任张学良的秘书，实际上是中共中央驻东北军的代表。刘鼎急切地说："木匠，我有急事向陕北中央报告，你快给我装一部电台。要花钱少，体积小，连得上。"三天过后涂作潮把一台日本产的收音机改装成了一部电台。第二天，刘鼎高兴地赶过来，抱起他转着圈说："木匠，木匠，你神了！中央联系上了，电台性能很好，只是声音小点。"

涂作潮鉴于当时危险的形势，又装了一台干电池的电台，还亲手给电台定制了一个小木箱，轻巧灵便，机动保密。国民党当时采取的是分区停电侦测电台的方法，对"木匠"组装的这种电台毫无影响。中央多次催促涂作潮北上苏区，1936 年 10 月 12 日刘鼎电告中央："目前木匠尚不能来苏区，只待小家伙造好，即可来家做事。"此后刘鼎又两次"抗命"："木匠此间工作未完，留在我处多有用途。"

刘鼎所说未完工作即是要"木匠"组装一台 100 瓦大功率电台，可与全国联络。

当年西安城风声鹤唳，中统、军统对共产党员，疑则捕之，捕则杀之。刘鼎为了"木匠"的安全，冒险把组装电台放在了张学良的司令部里。这部电台沟通了东北军与陕北红军的电讯联络，为促成西安事变起到重大作用。

西安事变后，组织着手布置恢复党在上海的地下电台。1937 年元旦前夕，因涂作潮对上海比较熟悉，在组织的派遣下，他再次前往上海。

到达上海后，涂作潮以蒋贵庭的名义开设了恒利无线电修理公司。半年后，他见到了刚从延安来的报务员李白（电影《永不消失的电波》主要人物李侠的原型）。他和李白合作，教李白装修电台，使其成为一个能收发、能装修的全能无线电报务员。

涂作潮同李白一起在上海的威海卫路338号租了两间门面，办起了福声无线电公司。李白使用的电台也是涂作潮用散件组装的，设在公司门店的楼上，李白在他手把手帮助下很快学会了装修电台。

鉴于李白已成全能报务员，为安全起见，组织上将涂作潮调离，另开了一家闻远无线电公司。太平洋战争爆发，日本入侵上海租界，秘密工作变得更加危险。一天中午，涂作潮正在修理收音机，组织送来紧急通知：李白已被日本人逮捕，他必须立即转移到苏北新四军根据地。临行前他告诉结婚几年的妻子张小梅："我的真名叫涂作潮，不是蒋贵庭。如果我以后回不来了，共产党胜利了之后，你去找党询问我的下落。"

幸运的是潘汉年随后就将张小梅一家人转移到了根据地。他儿子涂胜华说电视剧《潜伏》里的余则成和翠萍是真同志假夫妻。他的父母却是真夫妻假同志。

涂作潮晚年，人生坎坷，命运多舛，历尽百折，信念不改。

窗外的雨淅淅沥沥地下着，我和朋友望着发黄的照片，睹物思人，不胜感慨。

平凡英雄张思德

田丽华

从庆阳到延安不到三百公里，我们乘坐银西高铁来到庆阳站，乘车赶往延安枣园。提前准备了鲜花，去祭奠为人民利益而牺牲的张思德同志。

延安市安塞区高桥镇张思德牺牲纪念地幽静肃穆，我们站在一孔复原的炭窑前，听导游讲张思德牺牲时的场景。

1944 年 9 月 5 日，天空下着蒙蒙细雨。张思德和战友们到山上掏挖烧炭的窑。炭窑有三米多长，两米多宽，一米六高，入口很小，要蹲着进出。张思德在最里面挖，一位战士在窑口从里面向外送土，另一位战士在窑口外向外铲土。上午十点多时，三人正在掏挖的炭窑塌了！张思德没有丝毫犹豫，把战友推出炭窑。周围的人纷纷赶过来救人。最终战友得救了，张思德却献出了自己年轻的生命。

战友们悲痛地哭了起来，大家痛哭着呼唤着张思德的名字。

“长在高山上，死在泥洞中；魂魄飘青天，骨头暖人间。”延安的老百姓中流传着这首谜语诗，谜底是木炭。听到张思德牺牲的消息，许多人说：这诗写的就是张思德啊。

张思德牺牲的时候才 29 岁。我们看到了他生前和战友一起烧炭时的照片。炭窑入口狭小，张思德几乎是缩着身子，脸上露着笑意。

之后我们来到了张思德广场。这里当时是延安枣园后沟西山脚下的操场，1944 年 9 月 8 日下午，张思德烈士追悼会就是在这里举行的。当天，

拍摄 · 盛途

中央直属机关、中央警卫团等1000多人参加了追悼会。毛泽东为追悼会题写了“向为人民利益而牺牲的张思德同志致敬”的挽联，并亲自参加发表讲话，就是著名的《为人民服务》。

“毛主席即缓步登台，怀着沉痛的心情向死者表示敬意，继作历时一时半之久的讲话，对为人民利益而牺牲的意义，阐述至详……”一张1944年9月21日的《解放日报》，记录了这一幕。

毛主席缓步走上台。这时，会场里的哭声停止了，即刻变得鸦雀无声。毛主席做即席讲话，没有发言稿，他一手叉腰，一手挥动着说：“我们的共产党和共产党所领导的八路军、新四军，是革命的队伍。我们这个队伍完全是为着解放人民的，是彻底地为人民的利益工作的。张思德同志就是我们这个队伍中的一个同志。”“人总是要死的，但死的意义有不同。”“为人民利益而死，就比泰山还重；替法西斯卖力，替剥削人民和压迫人民的人去死，就比鸿毛还轻。张思德同志是为人民利益而死的，他的死是比泰山还要重的。”

听了毛主席的讲话，指战员们从悲痛中醒来，他们为有张思德这样的战友而感到光荣和自豪，下决心向张思德同志学习，做一个有利于人民的人，一个重于泰山的人。

2015年2月15日，习近平总书记在陕西考察时指出：“全心全意为人民服务是党的根本宗旨。延安时期，毛泽东同志在追悼张思德同志时发表的《为人民服务》的演讲，深刻揭示了党群关系、干群关系、军民关系的真谛。”

2017年8月13日，习近平总书记以普通党员身份参加所在党支部专题组织生活会时指出：“希望大家做一个脱离低级趣味的人、高尚的人。同志们现在从事的是一项崇高的事业，在这里工作，升官发财请走别路，贪生怕死莫入此门。榜样是谁呢？张思德、白求恩、焦裕禄、麦贤得，有历史的楷模，也有时代的楷模。这些人都是在普通的岗位上，但他们有一颗金子般发光的心，我希望同志们的参照系就是这些楷模。”

习近平总书记在庆祝中国共产党成立 100 周年大会上强调：“江山就是人民、人民就是江山，打江山、守江山，守的是人民的心。中国共产党根基在人民、血脉在人民、力量在人民。”

百年征程波澜壮阔,百年初心历久弥坚。“人民”二字深深融入党的血脉，成为中国共产党人薪火相传、永不磨灭的精神基因。承载着中国共产党人的初心和使命，张思德精神跨越时空、历久弥新，成为中国共产党人精神谱系的重要组成部分。

在“为人民服务”讲话纪念广场，张思德的雕塑注视着前方，背后“为人民服务”的五个红色大字无声地提醒着来到枣园的每一个人。我们放下鲜花，默默念着这五个字，这是银西高铁之行最大的收获。

一抹彩带连西银

于泳

银西高铁连接宁夏、甘肃、陕西西部三省区，是中国“八纵八横”高速铁路网包头（银川）至海口通道的重要组成部分，是中国首条穿越毛乌素沙漠边缘和世界上规模最大黄土高原台塬区的高速铁路，也是世界上一次性建成里程最长的有砟高速铁路。该高铁线路正线长度618公里，设计最高运营时速250公里。

银西高铁的建成通车,标志着全国“四纵四横”的高铁路网已基本形成，亦标志着宁夏正式接入全国高铁网，构建了以银川为中心的宁夏沿黄河城市群和以西安为中心的关中城市群之间的便捷通道，极大便利了沿线百姓出行，对促进区域经济社会发展、助力革命老区振兴、推进西部大开发战略实施具有十分重要的意义。

银西高铁的开通，受益的不仅仅是银川和西安两座文化底蕴深厚的历史古城，铁路沿线的多个县市彻底告别之前“滚滚铁轮无觅处”的现状。随着新的列车运行图的实施，银西高铁单日开行动车组列车对数达45对，极大拉近了宁夏银川、甘肃庆阳等地与华北、华中、华东、西南地区的距离。曾经的甘肃庆阳是典型的黄土高原，坡塬交错、沟壑纵横，别说高铁，连一条铁路都没有，当地居民出行十分的不方便，相比之下当年李太白感叹“难于上青天”的蜀道亦不过如此了。现如今，银西高铁让山乡巨变、经济发展，人民群众享受国家发展的福利，踏实幸福地走在小康生活的“快车道”上。

银西高铁通车后，来自天南海北的旅客们乘坐在平稳快捷的复兴号上，

拍摄 · 盛淦

从银川平原启程，跨过黄河、穿越毛乌素沙漠边缘和黄土高原，挺进八百里秦川，一路走来，车厢内欢声笑语，车窗外幅幅画卷。这里沿线分布着丰富的红色旅游资源、蕴藏着深厚的红色文化，每天大批游客乘坐高铁来到南梁红色教育基地、陕甘边苏维埃旧址、山城堡战役纪念馆、列宁小学旧址等红色旅游景点，接受党史学习教育、爱国主义教育，进行体验式教学。红色旅游业的发展，为革命老区经济发展注入了新活力。在庆城市博物馆举办的“红色印记”庆祝中国共产党成立 100 周年革命文物展上，我们读到了 1941 年陕甘宁边区施政纲领，看到了 1943 年“劳动英雄”木奖匾，分享了 1947 年《边区群众报》副刊。在一件件鲜活的文物面前，让我们明白了“学史明理、学史增信、学史崇德、学史力行”的深刻意义。

同时，高效便捷的银西高速铁路也给快递物流业带来发展新机遇，成为助力陕甘宁革命老区经济发展的“新引擎”。羊肉、黄花菜、枸杞和葡萄酒等传统农牧产品搭乘银西高铁走向全国。2021 年年初，装载着 57 件 823 公斤电商快递的 DJ5803 次列车缓缓驶出银川站，在 3 小时 2 分钟之后到达西安北站，标志着银西高铁正式拥有了高铁快运业务，实现了“高铁一日达，快运到您家”的梦想。

宁夏吴忠市的盐池县曾经是国家级的贫困县，过去，虽然这里的羊肉质嫩爽口，油而不腻，干香味浓，“一碗羊肉汤，十里都飘香”，深得人们的喜爱。无奈是藏在深山无人知，交通不便即使拥有再好的产品也只能望之兴叹，心生遗憾了。随着银西高铁的贯通，盐池县借力发展，积极筹备快速物流的鲜肉外运,布局产业升级。“新鲜羊肉附加值更高,农民收入增多,咱盐池羊肉的金字招牌也立得更稳了！”盐池县滩羊协会会长金建仁先生高兴地给我介绍道。

银西高铁线路的开通疏解了铁路货物运输压力，除了盐池羊肉，越来越多的地方特产可以随着火车的奔跑走向全国。“高铁开通，家乡的滩羊一定可以卖得更好哩。”金建仁的喜悦之情难于言表。

银西高铁是一条具有历史性意义的高速铁路，它的建成通车不仅缩短了时空的距离，为沿线的人民群众带来了便利的乘车条件，让革命老区的农贸商品搭上了“快车道”，更重要的是从此为老区人民带来了看得见的变化、摸得着的幸福。

路通人和，百业俱兴。银西高铁让沧桑巨变，客商云集，人才回归，创业发展。如今，陕甘宁革命老区借助“快捷动脉”，让塞上迎来了“风景日新”，老区以崭新的形象步入乡村振兴、经济腾飞的高铁时代。

勘　察

在我们享受着银西高铁带给我们便捷交通的同时，我们怎能忘记那些为了这条高速铁路的顺利开行而无怨无悔、披肝沥胆、默默奉献的铁路人。

当我们乘坐复兴号动车组驰骋在祖国的大江南北，感受着北国风北，千里雪飘；江南丽影，雨打芭蕉的时候，我们可否想到有一群铁路人，他们风餐露宿，他们顶风雪冒严寒，他们战酷暑斗高温，他们舍小家为大家。我们可否知道在黄土高原的沟壑崖壁，在黄河岸边的稀泥沼泽，从勘察、设计、施工到最终贯通，线路畅通后又是一代又一代的铁路人至此一年 365 天，每天 24 小时的为这条铁路保驾护航。

那天，乘坐 D3503 次高速列车从银川站驶出，除了车窗外的风景如画，丝毫感觉不到一点点的颠簸，车内空气清新且有微微的香甜。在我们的打卡线路上，又多了一条塞上江南的专线。从空中俯瞰，一条银色的彩链从西北向东南伸展，一座座车站是镶嵌其上的珍珠，粒粒璀璨。银川机场黄河特大桥，犹如一道彩虹，横卧在黄河两岸。大桥的一端，连接的是银川河东机场，成为高铁和飞机无缝隙连接的重要通道。银西高铁银川机场黄河特大桥被称作“银西龙头、银吴咽喉”，是宁夏首条高铁黄河大桥。大桥全长 13.814 公里，主桥长 1200 米，总用钢量 24774.3 吨。我们知道，银西高铁的每一寸钢轨每一处桥隧每一粒道砟都是共和国铁路人用钢铁般的意志和精神推进与支撑的。

走进银西高铁，我们时时刻刻感受着一股强大的力量，这股力量来自那些平凡而普通的铁路建设者奉献者们。从策划到设计到施工到安全运行，每一步都深深地烙印着一代代铁路人用心血铸就并得以传承发扬的铁路精神。他们用生命、汗水、劳动和不断地创新将这种精神夯实得更为厚重而坚实。他们在漫长的建设周期中，一步步地去转换勘测，铺路架桥，穿隧道，越天险，在推动经济命脉“输血管”的银西高铁建设过程中洒下鲜血与汗水。几度风雨几度春秋，风霜雪雨搏激流，最终铸就了平凡岗位的英雄梦，用铁人般的钢铁意志谱写出新时代洪流中的英雄故事。书写下勇于创新钻研，不甘随波逐流的英雄赞歌，印证了习近平总书记所说的：“幸福都是奋斗出来的！”

随着一条条连接东西、贯通南北的交通大动脉的被打通，西部各个地方与内地的联系也因为高速铁路而变得更加紧密。“十三五”期间，国家在西部规划了 7 条高铁，2020 年，中国铁路“十三五”圆满收官，全国铁路营业里程已达 14.63 万公里，同比“十二五”末的 12.10 万公里，增长 20.9%，其中高铁由“十二五”末的 1.98 万公里增加到 3.79 万公里，翻了近一番。对于全国很多省份的老百姓来说，出门坐高铁早已经是司空见惯的事情，但在西部一些偏远地区，高铁还是当地百姓眼里的一件“稀罕物”。作为宁夏回族自治区政治经济文化中心的银川市，也一直处在全国高铁网之外，这怎么能让“鹰击天风壮，鹏飞海浪春”的宁夏心安？可以说银川急需一条高铁已是银川、宁夏也是全国人民共同的一个心愿。

银西高铁项目从启动到正式通车，整整经历了十年。十年磨一剑，这是怎样的“宝剑锋从磨砺出，梅花香自苦寒来”！

让我们再一次回望银西高铁，这条高速铁路经过的是陕甘宁三个省区的二十个站区，处于毛乌素沙漠的边缘，南北穿越有“天下黄土第一塬”之称的世界规模最大的黄土高塬——董志塬。

老话说“八百里秦川，不如董志塬边”。董志塬是一个什么样的概念？

让我们先来看一看银西高铁必经的甘肃省庆阳地区。这里是世界上黄土高原面积最集中分布的区域之一，辖内有丰富的黄土塬面资源，面积在 1 万亩以上的“塬”有 37 个，董志塬、早胜塬、宫河塬、孟坝塬、盘克塬……长期以来，水土流失将黄土高原的塬面“撕裂”，割裂的塬面逐年萎缩，沟头前进、沟床下切、沟崖断裂、沟岸扩张，有的已经危及城郊边缘。

如果说庆阳是黄土高原的核心区域，那么破裂的董志塬就是这核心区域的心脏地带。董志塬是目前世界上黄土层最厚、保存最完整的黄土塬，20 世纪被誉为“陇东粮仓”。

作为“陇东粮仓”，这里是一片肥厚的沃土，可是，作为银西高铁的路基，则是建设者们遇到的颇为头痛的一道难题了。董志塬的黄土厚度深达数百米，地下水潜水径流，并以孔隙潜水广泛分布于黏质黄土地层中，地质复杂，极易渗水坍塌。

曾经的董志塬南北长 110 多公里，东西宽平均约 50 公里，因为水土流失严重，经过千百年来的地质变化，时至今日，南北长剩余 89 公里，东西最宽处 46 公里，平均宽度不足 18 公里，最窄处两个沟头相距仅剩 50 米左右，随时都有“腰斩”的危险。水利部关于《渭河流域 2003 暴雨洪水与水土保持调研报告》数据显示，董志塬是黄土高原地区最大的高平原，自唐代以

拍摄 · 曹文福

来的 1300 多年间，塬地被蚕食面积达 90 余万亩，年平均蚕食约 690 亩。

由于塬区地质地理条件特殊，加之庆阳生态环境脆弱，在洪水作用下，完整的塬面不断被切割，逐年萎缩，如同一道道疤痕横亘其中。只要一下雨，雨水就会裹挟着泥沙倾泻而下，冲走的是沃土，留下的是贫瘠。目前董志塬地区水土流失面积达到 9218 平方公里，占总面积的 95% 以上，年入黄河泥沙高达 6599 万吨。

这里的雨水根本留不住，下了雨就成了泥，冲刷而下成了泥浆，严重的水土流失，导致生态环境不断恶化，洪水造成的滑坡、崩塌等地质灾害以及高温、干旱、沙尘暴等灾害性天气经常发生，已严重制约着地区经济社会的可持续发展和人民群众生命财产安全。

“路迢迢，水长长，迷迷茫茫，一村又一庄。”深居黄土塬上的百姓们缺少客运列车，人们出行须翻山越岭，公路只能小心翼翼、磨磨蹭蹭绕黄土塬盘旋而行。当世界都在飞快前进的轨道上腾飞的时候，这里还如老牛拉车一般蹒跚而行。一条能驰骋千里、穿云破雾的高速铁路是每一个人心中的梦想。

这条铁路，成了多少代人心愿的凝结。

为了实现老区人民心中久久期待的梦想，银西高铁摆在了铁路建设者的面前。当银西高铁的设计人员们第一次来到董志塬勘察时，所目之处沿线地形、地貌及地质特征，只能用两个字形容——“震撼”，深厚的黄土梁峁起伏，沟壑纵横，到处是密集发育的滑坡、错落、陷穴等不良地质。

没有挑战就无法凸显中国铁路建设者的强大，遇到再大的困难也不可能阻挡我们铁路前进的步伐。道路难走，勘探艰难，任务重，时间紧。可是，大家都知道老区人民急需一条把他们从深沟里带向世界的高速铁路。他们说：“勘察时，我们下到深沟里，上下沟就要一天。记得一位当地的老大爷对我们说，活了大半辈子，还没有见过火车，最大的心愿就是能坐着火车去外面看一看。”

老大爷的一席话，让在场的人听了心里都很难受，都是生活在同一片土地上的人民，特别是这些老区的人民，曾经为了国家的解放做出了很多的牺牲，用南瓜小米养育了苏维埃边区政府，他们更应该分享到改革开放、国家富强带来的红利。“我们有责任有义务为他们修建一条高速铁路。”这是那天大家心里共同的一句话。

黄土塬上，两塬之间看似近在咫尺，但两塬的人握个手，却要跨越几十里山路。真应了那首信天游：“见面容易拉手手难，想摸下妹子的手要走上个一百二十八个天。”

每次外出勘探都需要下到深沟里，下沟上塬来回就要一天时间。在他们的记忆里，不知道有多少次走过那一道道的沟沟坎坎，翻越多少个塬多少个峁，上塬下塬，一不小心来个屁股墩、摔个大跟头早已是家常便饭了。中铁第一勘察设计院银西高铁设计总工程师马文辉先生回忆说：“在庆阳调查隧道的地质条件时，专家团队和当地地质人员，从塬上下到两百米深的沟里那是家常事。我们必须掌握第一手资料，避免和大自然硬碰硬。”

每一道塬，都有自己的脾气和特点，只有摸清了它的脾性，才能做出适合它的方案，才能避免在建设施工中，它跑出来调皮捣蛋。否则让它跑出来给你整点动静来，那可都是人命关天的大事。或滑坡，或坍塌，或冒水，哪一件不关乎施工工人的人身安全？不关乎人民群众的生命财产安全？不关乎旅客列车的安全通行？

铁路勘察设计人员深知每一段线路、每一条隧道，都要顺应其特殊的地质性格。要摸透它们性格的唯一也是最有效的办法就是深入进去，了解它们的特点，和它们交朋友。唯有通过日日夜夜的“精雕细刻”，才能锻造出精准到分毫不差的严谨数据，才能保证在设计中不能因为任何的细微疏漏造成以后的施工问题。

勘察设计人员为了保证整个设计链条顺畅，从看图、核量、完成一天的工作内容以及做好第二天的工作计划，整整一天忙得连一口水都喝不上也是常事。经过业内专家们的实地考察，多方论证，精心设计，以铁路人的精益求精、一丝不苟、顽强拼搏的精神，终于把最科学最有效最合理最佳的图纸摆在了人们的面前。

这条铁路起于图纸，最终还要落在黄土塬上。

设　计

一列高速火车从绿洲驶出，如风一般行进在戈壁荒漠，穿越黄土高原，长驱直入关中平原。银西高铁的高调出世，打破了陕甘宁偏远地区的沉寂。

银西高铁开通后，宁夏从此结束无外接高铁历史，其南段与郑西、西成等高铁相衔接，中部与太中银铁路等相连，北端通过包兰通道和银川枢纽——融入我国“八纵八横”高速铁路网。

这一切，始于一张设计图纸。高铁线路的设计理念，应具备哪些特点？创新、经济、环保、发展、人文……这些在银西高铁总设计师马文辉眼中，被归纳为一个词语——适宜。

他说：“我们认为，适宜的就是最好的。”

对于不通铁路的地区，如何建设高铁，甚至以什么样的标准建设第一条高铁，专家的声音各不相同。有的说“地质复杂，保守为好”，也有的说“争取一次建成最高标准的高铁”。

在众多的声音中，马文辉提出了他的建议：“适宜的就是最好的。”他认为，作为陕甘宁革命老区的第一条高速铁路项目，其设计方案、建设方案一定要适宜区位特点，适宜经济社会发展特征，适宜沿线的自然环境条件，以及沿线文化的传承。

2010 年冬季一个寒冷的日子，专家组到甘肃庆阳市环县调研。“过了十年，我还记得当地的对接人员冒着风雪，早早站在路口等着我们的情景。这足见他们对高铁的期盼。”马文辉说。

设计前期的关键词是“碰撞”，各种思想各种观点碰撞后，才能产生最美妙的火花。“沿线各地都有不同的诉求。”马文辉深感银西高铁沿线的基础设施相对落后，既有客运需求，又有货运需求。但是不同的需求，需要通过不同的项目精准满足。最终，专家们经过多方面的调查研究讨论，认为服务于当地老百姓的出行是首要考虑的问题，应放在迫切需要解决的位置。

确定设计方案之时，正值我国转变经济发展方式之际。地方经济发展从投资驱动转变成创新驱动，银西高铁的设计使命，既加快畅通沿线地区与较发达地区的人才流、技术流、信息流、观念流，也为创新发展助推新动力。

建设方案在经历了五六次较大改动后，于2015年上半年确定下来，下半年反复修改出最优技术方案。以客运专线建设银西高铁，这是与银西高铁沿线发展相适宜的选择。

2015年11月，调整可研报告的批复意见明确银西铁路建设标准为时速250公里的高速铁路，基础设施预留时速350公里提速条件。按照中国国家铁路局颁布的《高速铁路设计规范》，新建高铁的设计时速可以是250公里，也可以是350公里。那么，为什么银西高铁的设计时速是250公里，而不是"一步到位"的350公里？毕竟，高铁在中国已经发展起来并作为一张"中国名片"走向了世界，在时速普遍已达350公里的情况下，为什么银西高铁却设计了时速250公里？这是不是太保守了？

带着这个疑问，我们询问了马文辉先生。"时速250公里，是适宜的选择。"马文辉进一步解释说，"这是充分考虑到了当下沿线出行成本的承受能力，有助于扩大受益群体。"也就是说考虑到目前沿线经济发展水平，时速250公里在满足老百姓出行需求的同时，也能降低出行成本。

"通俗来说，就是票价更适宜。虽然设计时速为250公里，但银西铁路的设计者也给未来预留了空间。随着沿线经济社会的发展，老百姓对于出行也会有更多需求，预留时速350公里提速条件，就是为了提高未来的运输品质。"马文辉说。

一张薄薄的高铁车票，就是厚重历史的一页，它连接着过去、现在与未来，在满足于当下的同时，给未来预留了发展的空间。

同样，在我们的心中还存在着一个疑惑，那就是为什么选择了"有砟轨道"而不是"无砟轨道"。我们大部分人印象最深的应该是有砟轨道，即

拍摄・盛淦

轨道铺设在道砟上。砟，就是岩石、石块等的碎片，是钢轨下面用作路基的小块石头。在普速铁路时代里，有砟轨道一直是铁路建设的主流。而随着高铁时代的到来，时速250公里以上的高铁，尤其是长大干线铁路项目，采用有砟轨道，反又成了不多见的“稀罕物”了。

传统的铁路轨道通常由两条平行的钢轨组成，钢轨固定放在枕木上，之下为小碎石铺成的路砟。路砟和枕木均起加大受力面、分散火车压力、帮助钢轨承重的作用，防止铁轨因压强太大而下陷到泥土里。此外，路砟还有减噪声、吸热、减震、增加透水性等作用。

相对有砟轨道，无砟轨道是指采用混凝土、沥青混合料等整体基础取代散粒碎石道床的轨道结构。无砟轨道的轨枕本身是混凝土浇灌而成，路基也不再用碎石，钢轨、轨枕直接铺在混凝土路上。无砟轨道是当今先进的轨道技术，可以减少维护、降低粉尘、美化环境，比较舒适而且列车时速可以达到甚至超过500公里。

既然高铁已经广泛使用了先进的轨道技术无砟轨道，银西高铁却为何又选择了传统的有砟轨道？面对我们的疑问，马文辉先生解释道：“由于银西高铁经过特殊的地质结构，有砟轨道也就成了其最适合的选择。”在马文辉先生的介绍中，银西高铁从北向南穿过整个黄土高原，沿线湿陷性黄土大面积分布，工程条件恶劣。如果采用无砟轨道，桥隧比例和工程造价都将大幅度提高。在未来的发展中，要想再通过调整轨道高度来满足提速需求，将会非常困难。而有砟轨道，即我们通常说的碎石道床轨道，弹性良好、价格低廉、更换与维修方便，调整起来相对容易，为预留提速创造了条件。

在大西北特殊的自然环境下，“有砟轨道”的建设方案终于被确定了下来，并首次在中国国内有砟高速铁路轨道铺设中采用“推送法”，不需要建设铺轨基地，铺砟布枕更加灵活、高效、快速。路基上面直接使用石砟作为道床，这种轨道具有抗冲击性好、富有弹性、有利于排水等优点。

区别于郑西、兰新、宝兰、大西高铁等其他黄土高铁隧道修建技术，银西高铁隧道工程通过黄土塬区较多，且有着国内四个之最：最长的软塑性黄土隧道——上阁村隧道、规模最大的古土壤隧道群——早胜隧道群、最长红黏土隧道——庆阳隧道和最长的黄土高速铁路隧道——早胜三号隧道。受车站站位影响，难免出现线路上下坡的情况，以隧道工程依次穿越沟壑交错，滑坡、错落等不良地质极其发育的早胜塬、董志塬等几大典型黄土塬区也是势在必行。

“工程服务于交通运输的大目标。”马文辉继续介绍道，先确定设计总体思路，再确定线路走向方案、车站站位方案、桥梁桥隧比选等技术方案。“线路上站站有道理，每一个曲线都有讲究，每个控制性工程也都有解决方案。”

从宁夏的高速铁路网和综合交通长远发展的角度出发，银西高铁河东机场站选址航站楼，以实现“空铁联运”，打造宁夏最大的一个综合交通枢纽。因为建设庆阳车站的需要，上阁村隧道建设历时七年之久才破解难题。出于节约资源的考虑，咸阳渭河特大桥建成共用四线桥。这些都是建设者多方面考察研究的结果。

“要想选择合理的机场站位，出了高铁站之后，线路必须横跨黄河。但是由于银川段黄河河道非常宽阔，冬季流凌现象较突出，再加上这一段河道摆动相对来说较频繁，这些对桥式桥位的选择造成困扰。”面对这样的特殊情况，设计团队最终选择了“两联 6 跨 168 米连续钢桁柔性拱”这样一个特殊设计，巧解了大自然的考题。

穿越“天下第一塬”董志塬的上阁村隧道，途经罕见的深厚软塑性黄土地质带，堪称世界级工程难题。“修建上阁村隧道，是连接庆阳站和宁县站必经的通道。两站分别位于塬上塬下，落差大，修建隧道是唯一的解决方案。难，也必须迎难而上。”

“以宁县站设立为例，看起来是辐射站点所在区域，但宁县站东边有河，周边两个县出行也很不便，所以宁县站实际上服务了三个县。”马文辉如数家珍地给我们介绍道，“银西高铁在庆阳转了一大圈，爬了一个董志塬，就是为了更好地服务当地群众出行。”

“咸阳渭河特大桥所处的区域，桥位资源非常紧张。银西高铁经过渭河，而关中城际铁路向南延伸时也要过渭河。从规划层面看，和高铁共建一个四线桥，一方面可以减少对环境的影响，同时可以节约投资成本。”在马文辉先生的详细讲解中，我们对银西高铁的建设理念有了深刻地认识和理解。

银西高铁，看似简单的一条铁路线路，却容纳了地理、文化、绿色、智能、精品、传统、自然等一系列内容。银西高铁的建设，也成功破解了荒漠戈壁、湿陷性黄土、缺少有砟高铁建设经验三大难题，成为中国铁路坚持自主创新，坚持创新驱动引领、推进工程高质量发展的典范，为新时代的铁路精神融入了新的内容和内涵。

从设计图纸落实到实体工程，又是怎样一次次艰难地破解难题。特别是在黄土塬的肚子里开挖隧道，更是难上加难。

其中，最大的挑战是需要穿越此前无人穿越过的董志塬。董志塬上，黄土层层叠加如同巨大的地毯，随沟壑起伏延展。在塬区地下水位线附近，饱含丰富的水量，大长段落地连续分布着软塑黄土层。

在这之前，还没有一列钢铁列车敢穿越董志塬。

施　工

号称“天下黄土第一塬”的董志塬绵延约 910 平方公里，是国内黄土层连续分部厚度最大的塬面，厚度可达 200 至 300 米。复杂不良的地质结构，难以预料的施工难度，让昔日的交通建设者们在经过深思熟虑之后，唯一的选择就是绕过董志塬。

这片土地在长久的沉寂和寂寞中期盼列车呼啸而来的那一天。

那一天终于来了！董志塬的沉寂和寂寞被开创性的构想打破。按照银西高铁线路设计，庆阳地区相邻的两个站点，分别位于塬上塬下，高度最大落差达 434 米——穿越董志塬，是勇者必胜的选择。

西安和银川两座历史悠久的城市，隔黄土相望数千年，终于要牵手了。我们知道此次高铁建设，不但要经过毛乌素沙漠，还要横穿世界上规模最大的黄土高原，极其复杂的沿线地质条件如同一道道关卡，横亘在面前，用冷冷的面孔对着建设者们。

在穿越毛乌素沙漠线路建设中，建设者们针对毛乌素沙漠边缘的特殊情况，开展了《荒漠化防治与生态修复技术》课题研究，在4385平方米受风沙侵蚀严重的路基区段，铺设“树枝方格固沙带”112万平方米，有效阻止了风沙上道，为银西高铁的顺利完工起到了关键性作用。

2019年6月，吴忠南特大桥铺轨完成，银西高铁甘宁段与银吴段接轨。同时，陕西段的道路铺设即将结束。618公里的铁路各段工程进展顺利，却在董志塬“卡了脖子”。

银西高铁线路要深层穿越世界规模最大的黄土塬。特别是随着基础设施建设和资源开发利用等人为活动的影响，董志塬区溯源侵蚀活跃，水土流失更加严重，塬面萎缩逐年加剧。在这种深厚富水黄土地质条件下修建高速铁路隧道，可以说面临的是一道世界级工程难题。就如同在水豆腐上动工一样，前无古人，后无来者，找遍全世界的铁路建设资料没有任何经验可以借鉴。

如何全面顺利穿越黄土塬区，成为最大的施工难点。最终这里不仅实现了多个技术突破，而且凝结着无数铁路人的汗水、智慧和心血。

位于甘肃省庆阳市宁县黄土梁塬沟壑区的上阁村隧道，所在地段湿陷性黄土和松软土路基点分布集中，虽然长度只有6782米，但其中4.5公里须通过一层软塑性黄土含水层，围岩软弱富水，含水率最高可达33%，国内外罕见，堪称人类隧道工程的难题，成为线路顺利贯通的“拦路虎”。因此，该隧道被列为全线一级风险隧道，即全线风险最高、难度最大，也是影响甘宁段铺轨和联调联试进程的重要控制性工程。

任何困难和艰险在铁路人面前都是纸老虎。想当年，在抗美援朝战争中，我们的铁道兵们前往鸭绿江畔，用智慧、勇敢，还有鲜血和生命打破了美军的绞杀战，建设“钢铁运输线”，为抗美援朝的后勤保障工作做出了巨大的贡献。传承“铁道兵精神”的铁路人从来不畏惧任何艰难，他们只会迎难而上，因为他们深知：只要每一步走得足够坚定、足够坚持，尊重科学、敬重自然，必将在穿越漆黑的“隧道”后，迎来辉煌的光明。

2016年12月15日，董志塬区的Ⅰ级风险隧道——上阁村隧道正式动工。

软塑黄土特殊地质条件下的施工难度，还是超出了所有人的预料。建设者要面临软塑性黄土地区、穿越富水地层基底降排水、基底加固困难等三大挑战。中铁二十二局集团项目部经理魏绍刚介绍说，整个建设过程，最难忘的就是上阁村隧道的开挖，全长6.78公里的上阁村隧道黄土厚度深达数百米，其中施工风险很高的Ⅴ、Ⅵ级围岩长度近6300米，占比达93%。隧道洞身还有3870米段落通过第四系黄土，这种黄土的特点就是状如稀泥，开挖时极易发生沉降、变形，甚至出现突水、涌泥等灾害，被称为“雨里挖掘、泥里支护，在淤泥里打隧道”。

整个施工过程对他们而言就像在刀尖上行走。在塬面以下60 ~ 70米水位线附近的黄土里，每天的出水量最高达230立方米，就像背负一个大水缸在施工，随时担心缸破水淹。受地下水和土体本身的含水影响，施工伊始，建设现场便沦为“水帘洞”。同时黄土自身的黏性很高，遇水后很快会由“土”变成“泥”，发生塑性变形，加之施工扰动，整个施工环境就像在淤泥里一样。160平方米的隧道在淤泥里掘进，可想而知工程有多么艰巨。隧道洞内建设的过程就是一个将“烂泥扶上墙”的过程。

“黄土里有这么多水，相当于隧道头上随时顶着一个大水囊。”中铁第一勘察设计院银西高铁隧道专业设计负责人于介向我们介绍说，“以往我们挖隧道，通常是在石头里‘出’水，这一次，我们是在土里‘排水’。”

先是“水”的问题，当务之急是解决来自地下水和土体自身的含水。施工开始，建设现场便沦为了“梅雨季节”。开挖后隧道拱部不间断渗出水，接着从支护表面像雨水一样渗出、滴落，越来越多，越下越大，最后成了“大雨”。

接着就是“泥”的问题，再干的土一旦遇到水，立刻就会从干变湿，很快变得柔软成了“泥”。泥极易塑性变形，就像小娃娃玩得黏胶泥，不等反应过来，已成了淤泥。

“淤泥”里施工，还是开挖一条隧道，前面所说的将“烂泥扶上墙”的表述此时看来实在是太乐观了，毕竟“还有个墙”啊！可这上阁村隧道里除了泥，就是淤泥，这个施工过程就是个“把烂泥扶成墙的过程”。

但这还不是最艰难的，最难的是隧道“一边开挖，一边变形”，而高铁对沉降变性控制要求更高。回忆起施工过程，中铁二十二局的白明禄介绍，上阁村隧道围岩渗水量特别大，这是在其他黄土隧道中基本没有遇到过的，这使得施工中极易发生变形、坍塌及涌水突泥等风险事件。这就要求他们在抓好施工质量、施工进度的同时，施工安全成为重中之重的问题了。建设者们先从小面积实验，再逐步推进。打前站的工人一组组织开挖，另一组工人及时立架，争分夺秒，丝毫不能差。因为拱部围岩自稳能力差，导致搭建的施工台稳定性不够……随时可能发生的风险给现场的每一个人都带来了极大的心理压力。

“打通上阁村隧道是不是特别难，我感觉每推进一米都费了很大劲。”我问道。

“哪里是一米一米地推进，是以 60 厘米为单位，一榀钢架一榀钢架地推进。你想嘛，在水豆腐块里打洞是什么样的感觉！”

榀是过去对木屋架通称的量词，是指一个平面结构体。60 厘米，对于 6.78 公里长的隧道建设又是怎么样的一组数据，真的是一口一口地“啃”啊！上阁村隧道原计划 2019 年 9 月贯通，然而，在距离工期只剩一年时，还有 2.5 公里难咬的硬骨头。

“只有加快进度，才能保证银西高铁如期开通。”白明禄说，6 公里的隧道一般只设置 1 个辅助坑道，为了保证工期，大家研究决定在上阁村隧道设置 4 个辅助坑道，拉开工作面，从而加快施工进度。在全面做好安全防护的同时，施工人员住在现场，确保遇到问题当场解决。

在银西铁路有限公司的组织和各参建单位的配合下，经反复研究和数百次实验，逐步掌握了复杂黄土地层隧道修建技术。破解这个难题，最关键的也是必须解决的就是对围岩的“固”和对地下水的“排”。“固”，就是在地表、洞内注浆加固隧道周边围岩，封堵地下水下渗的通道。在提高围岩的整体稳定性后再进行开挖掘进，支护加固。首先，建设者们针对富水地层基底降排水和基底加固困难的挑战，开展了深孔地表注浆施工技术研究，采取注浆法，利用压力将能固化的浆液通过钻孔注入岩土孔隙或建筑物的裂隙中，使其物理力学性能得到改善，形成了注浆浆液材料、注浆孔布置间距等注浆参数成果，将 31% 的地层含水率降至 22%；其次，采取基底袖阀管注浆加固技术进行基底加固处理等技术手段，攻克了“软泥不上墙”的难题。

“排”，就是通过地表深井降水对隧道周边地下水进行疏排。想当年，大禹的父亲鲧治理黄河时，采取的是“堵”的方法，结果不但没有治好黄河，还造成了黄河处处决口，形成更大的泛滥。大禹从父亲鲧治水的失败中吸取教训，把堵变成了疏，将黄河之水引入了大海，战胜了波涛汹涌的黄河，可见疏排的重要性。建设者们通过疏排的措施有效地降低了施工现场地下水的下渗量，避免了围岩的进一步恶化，保证了施工安全。

“防结晶可维护排水系统、地表垂直深孔袖阀管精准靶向注浆、地表深孔降水、多功能桥式车、微台阶法……”在国铁集团统筹下，银西铁路有限公司多次组织设计、咨询和施工单位，并联合多所科研院校，开展在黄土塬区采取新技术、新材料、新装备、新工法的多项研究，取得主要创新点 9 项，发明专利 3 项，实用新型专利 4 项。由此，“固排结合”，扫除了工程建设的“拦路虎”，也为银西高铁开通运营后隧道安全使用提供了可靠保证。

我问道：“你们在隧道地表注浆，是不是就是在隧道正上方的塬面上钻很多深井，然后把水泥浆灌进井里？这样隧道内的黄土就凝固了，再打隧道就不怕塌陷渗水。施工完成后，隧道正上方的地面会不会同时出现一条水泥路？一箭双雕了！”

魏绍刚听了，笑道：“隧道上面的地表不会出现水泥路，因为固化浆液都打到地下去了。”

“为了打败柔软松散的黄土，我们在不到 7 公里长的隧道里设置了 4 处斜井共 10 个作业面。”魏绍刚继续说道，“其中，单个作业面进尺仅 200 多米，可见这种黄土多么难‘啃’！”

我可以想象出来在淤泥里施工是多么的艰辛。危险随时可能发生。为了以防万一，施工中的工人们脱掉上衣，最大限度地让自己保持轻装上阵，一边干活，一边彼此提醒，时刻保持高度的警觉。“只要听到一声哨响，一刻不停就往外跑！”

所有人的神经都绷得紧紧的，在极其不稳定的环境中施工，每一秒钟都需要承受超强的心理压力。每推进 0.6 米，都是一次艰难的“跋涉”，也是一次意志的考验。

遇到暴雨天气，对于建设者来说更是雪上加霜。隧道外暴风骤雨，隧道内雨水交加，但这一切困难因素都没有挡住铁路人前进的步伐。在银西高铁的建设过程中，建设方不断探索、不断实践，攻克了一道又一道难题——经过反复研究和数百次实验，逐步掌握了以上阁村隧道为代表的复杂黄土地层隧道开挖规律。

2020 年 6 月 27 日，6.782 公里的上阁村隧道，用时 1370 天，在距进口 1.362 公里处贯通。上阁村隧道安全顺利贯通的那一天，大家那颗悬着的心终于落地了。这座穿越世界最厚黄土塬隧道的胜利贯通，为银西高铁如期开通奠定了坚实的基础。

只要拿出愚公移山的精神，就没有克服不了的难题。正是拥有了这种攻坚克难、持之以恒、勇往直前的奉献精神，作为首条串联陕甘宁革命老区和穿越黄土高原地带的有砟高速铁路——银西高铁的多项技术创新填补了我国高铁建设技术空白，极大提升了我国高速铁路隧道整体建设水平，也为今后类似条件下的高铁建设提供了参考。

上阁村隧道的艰难贯通，让亿万年来的董志塬第一次被隧道洞穿内心。随之而来的是现代高速铁路从这片古老的土地上“穿山越岭、破土而出”，为实现中国梦，飞驰前行。

铿锵铁路奏凯歌

于泳

从2013年8月27日国家发展改革委批复立项，到上阁村隧道的艰难贯通，历时七年多时间，再加上前期的调研勘探准备工作，用时十年。这条承载着太多期盼的幸福路开通在即，老区人民曾经遥不可及的“高铁梦”变得唾手可得。

十年来，在国家、国铁集团的高度重视、大力支持和社会各方的同心协力下，在广大铁路人的不畏艰难、日夜奋战下，银西高铁建设破解了一道又一道难题，创造了属于所有参与者的“银西速度”。

甘肃庆阳的百姓们怎能忘记，从西平铁路过庆阳的短短11公里，到“复兴号”牵引列车在庆阳以250公里的时速驰骋273公里，从陕甘宁三省区交汇处封闭的“铁三角”，到综合交通网不断完善的“金三角”，这条高铁路改变了庆阳太多……

他们更不会忘记，正在铁路建设者们时不我待、分秒必争地赶工期的时候，一场突如其来的新冠肺炎疫情给全国人民也给庆阳带来了很大的影响，更影响到了银西高铁的顺利建设。但他们更清楚地看到了我们的铁路建设者们面对疫情，勇敢坚强，以科学的态度，坚持“疫情防控不放松、工程建设不停工、安全施工有保障、稳扎稳打稳步行”的工作思路，按照“一项目一对策、一标段一方案”的要求，解决好返岗人员防疫管理和工程机械养护调度工作，多种方式洽谈签订相关原材料、设备供应合同，保障银西高铁建设的顺利推进。为了弥补疫情防控影响的施工时间，他们组织了党员先锋突击队，全力攻坚工程建设。施工计划细化到小时细化到分钟，建设责任落实到每一个人，全力确保了工程的有效推进。

2015 年 3 月底，银西高铁列入甘肃省政府“6873”交通突破行动计划；

2016 年 5 月，银西高铁初步设计获批；

2017 年 4 月 5 日，银西高铁完成首孔箱梁架设；

2018 年 12 月 1 日，银西高铁甘宁段开始试铺轨；

2019 年 6 月 11 日，银西高铁宁夏段与甘宁段完成接轨；

2020 年 5 月 10 日，银西高铁全线完成箱梁架设任务；

2020 年 6 月 27 日，银西高铁主体工程完工；

2020 年 7 月 5 日，银西高铁吴忠至庆阳段开始静态验收；

2020 年 8 月 26 日，银西高铁全线完成铺轨；

2020 年 10 月 7 日，银西高铁庆城至宁县段开始联调联试；

2020 年 11 月 3 日，银西高铁甘宁段进入试运行阶段；

2020 年 12 月 10 日，银西高铁全线通过安全评估；

2020 年 12 月 26 日上午 9 时，银西高铁首趟开通。

…………

CR300 型复兴号动车组也于开通首日在银西高铁同步上线运营，此次上线运营的 CR300 型复兴号动车组有 CR300AF、CR300BF 两种车型，涂装以海空蓝和孔雀青作为主色调，给人以纯净、梦幻的美好视觉享受。该型号动车组列车整体和关键系统性能均达到世界先进水平，可适用于不同运营环境的线路，能耗低、性价比高，采用了人性化设计和智能化设备，让旅客乘车体验更加美好。

银西高速铁路的开行，不仅在我们穿越“黄土第一塬”董志塬时带来了神奇的体验，还让我们感受到曾经的中国四大沙漠之一，全球首个消失的毛乌素沙漠的生命力，让我们在中华民族不屈不挠、顽强斗争精神面前心怀自豪与骄傲。

截至 2022 年底，全国铁路营业里程达到 15.5 万公里，其中高铁 4.2 万公里。不管是青藏高原的冻土，还是横断山脉的岩石，不管是深岩体的高温，还是高海拔的缺氧，中国铁路都能迎难而上，攻坚克难，所向披靡。

长期以来，由于银川和周边的一些中心城市距离较远，东部、南部有地形阻隔，且经济、人口体量有限，铁路基础设施薄弱，极大地阻碍了人员沟通与经济发展。

如今，随着银西高铁的开通，银川人坐高铁到西安吃个肉夹馍，游个大雁塔；西安朋友到银川喝个羊肉汤，转个镇北堡，过去要熬一个晚上的路程，现在只需要三个小时。

拍摄·盛淦

长庆油田采油三厂有近 7 万名职工和家属在银川居住，因为总部在西安，每天有大量员工往返于银川、西安两地。银西高铁的贯通，极大地解决了他们的通勤难题。住在西安的青工小张更是兴奋地说："老公在甘肃庆阳的油厂上班，过去见一面好难，现在啊，乘高铁半个小时就能和他团聚了，比坐公交车从西安北门到南门都快。"

银西高铁连接关天经济区、陇东地区和沿黄城市带，通过西安枢纽，极大程度上解决了宁夏、甘肃南下快捷运输及运输质量问题，促进人员、物品等资源流通，破解了省际互通的难题。

银西高铁的开通离不开每一名铁路人的辛勤付出，离不开铁路精神的传承发扬。

我一直在思考一个问题，究竟什么是铁路精神，其最深刻的含义又是什么。从1990年我来到铁路系统至今，我在这个行业工作近三十个年头了。在铁路系统里，我先后在基层站段、分局、铁路局工作过。在这近三十年里，我看到的，听到的大都是铁路的人、铁路的事。而且，因为工作性质的原因，我常常在铁路沿线调研。期间，我遇到了许多老铁路人，他们把自己的一生都默默地奉献在了铁路的建设上。

在我的心里始终还有着一股浓郁的铁路情结。20世纪60年代初，父亲从铁道学院毕业后来到铁路工作，这就注定我成为铁路人的后代。伴随着机车的轰鸣声，我走进了铁路子弟学校，先后度过了小学、初中和高中。大学毕业后，我又进入了铁路系统工作。几十年里，我耳闻目睹的都是铁路的建设、铁路的发展。作为一名铁路人，我了解铁路人的辛苦，更能理解铁路人心中的愿望和梦想。

我知道在我们共和国纵横交错的铁路线上，有着许多的铁路人，他们在铁路上干了一辈子，最后连卧铺都没有坐过，有的一年四季天天都生活工作在沿线小站上，离开这个世界后，他们就埋在铁路旁边的山坡上，继续陪伴着他们奉献了一生的铁路。而这样的铁路人数不胜数，他们朴实得如同铁道旁的道砟。他们的一生平凡而简单，甚至简单到了让你吃惊的地步。但是，就是他们，为共和国的铁路发展，献了青春献终身。现在，在铁路系统，有许多铁二代、铁三代，依然重复着父辈祖辈的职责，有的甚至就在自己父亲退休前的工区、班组工作。还有那些为了铁路运输事业常年奔波在千里铁道线上的铁路人。当一趟列车从火车站开出驶向另一个车站的时候，无论春夏秋冬，无论狂风暴雨，无论三九酷暑，无论黑夜白昼，有多少车务、机务、工务、电务、车辆各系统各工种的铁路人在保驾护航。

随着高铁事业的发展，铁路进入了一个崭新的时代，铁路人也从过去爬坡负重的旧印象变成了今天的张扬着靓丽、青春、蓬勃的新形象。

拍摄 · 肖玉亮

拍摄 · 肖玉亮

我为今天铁路人的新风貌而骄傲，为铁路的高速发展而欣喜。我知道这是几代铁路人拼搏、奉献的结果，这是无数铁路人在平凡的岗位上把普通的工作做到极致后的结果。站在新时代，我们的铁路人赋予了大铁路新的内涵。我们铁路之大，大在哪里？不但大在它庞大的系统，车机工电辆，以及各专业各工种；同时，还大在铁路人伟大的铁路精神。这里有“二七大罢工”的“二七”斗争精神，有抗日战争时期的不屈不挠的民族精神，抗美援朝的国际共产主义精神，以及和平年代默默工作、开拓进取、勇于创新的奉献精神。

特别是近年来随着作为“中国名片”的中国高铁“走出去”步伐的加快，中国铁路捷报频传，中国铁路靠着先进的技术走向世界，走向未来。为高铁保驾护航的正是那些铁路人，他们以创新思维和探索精神，从一个个平凡的岗位上脱颖而出，他们把日复一日的工作做到极致，他们将最美好的时光献给了铁路事业，把“人民铁路为人民”的服务宗旨落在了每一处。

马文辉、魏绍刚、于介就是铁路人的代表，他们工作在最平凡的生产一线，来自不同的系统，从事不同的工作，却用同样执着的铁路精神、无私的品格，在各自岗位上绽放光芒，在平凡中缔造非凡，将自己立成一面旗帜，在他们的坚守与奉献中演绎着铁路人的责任与担当。这正是新时代铁路人在新征程中展示新作为的具体表现。

座座站房展风华

银西高铁的建成，让我们见证了西部发展的脚步和国家发展西部的决心。它的贯通畅行不仅让我们欣赏到了一曲嘹亮的铁路英雄的赞歌，同时，也给我们展示了一幅幅美丽的站、线、车画卷。

飞驰在黄土地上的高速列车所行之处都是独特的风景，黄色的土、绿色的山、蓝色的天、白色的云、红色的砖瓦，把银西高铁沿线点缀的如同一串晶莹多彩的项链，夺目而灿烂。

线路上的每一处站房，都是一道凝固的风景，每一道风景都是那样璀璨。铁路建设者们不仅在建设，更是在描绘，用手中的画笔绘出了一站一景。每一个车站的建设都浓缩着这一地区的历史、典故、特色、风情。

我们乘坐复兴号动车组从银川站驶出，经灵武市，跨黄河经吴忠市、环县、庆城、庆阳，宁县、彬县、永寿、乾县、礼泉、咸阳进入西安北客站。

每一个高铁站，不仅满足旅客顺利舒适的乘车需求，还凝聚着铁路人的奋斗、付出和坚守。那么，就让我把一路走来采撷的部分珍珠呈献给朋友们，一起触摸一座城、一个站的灵魂……

银川市是宁夏回族自治区首府，是宁夏的政治、经济、文化中心。坐落于中华民族的母亲河——黄河之滨，是“天下黄河富宁夏”之地。银川是历史文化名城，又是宁夏回族自治区的首府，地域特征及民族风情都十分独特。银川站是银西高铁的起点，也是宁夏地区最大的一个火车站。在银川站的设计理念中，充分吸取了回族文化与汉族文化共通的部分，采用线条这一简洁的元素，将回族拱券与汉族绳结的意向有机地结合在了一起，形成了以三大拱为核心形象、融地域文化与现代风格为一体的独特建筑风貌。

那天，我走进银川博物馆，迎面扑来的是厚重的历史云烟。公元前112年始建北典农城，距今已有2100多年，银川玉皇阁、拜寺口双塔、宏佛塔、贺兰山岩画，明长城—河东墙段、三关口段，海宝塔、承天寺塔、灵武窑址，纳家户清真寺、中大寺、南关清真大寺，还有西夏王陵……历史在这里汇聚，曾经的战鼓雷鸣，血雨腥风，今天都化作了和谐安宁和幸福平安。

灵武市，古称灵州，县制历史已达2200年。据水洞沟遗址的考古发掘证明，早在三万年前的旧石器时代晚期，人类就在灵武这片神奇的土地繁衍生息，是中华民族远古文明的发祥地之一。

古人类文化遗址水洞沟、古寺名刹马鞍山甘露寺，与银川海宝塔合称姐妹塔的镇河塔，是灵武标志性建筑。这里还有灵武恐龙化石遗址、灵武高庙、灵武明长城。灵武北站的设计灵感取材于灵武水洞沟遗址、清水营古城所呈现出来的厚重辽阔以及古长城遗址所呈现出的“之”字形形态。车站的整体设计寓意车站就像这些辉煌的遗址一样，既表达了人类的智慧，又体现了历史，以一座地景般的建筑在天、地、人、时间、宇宙、自然之间达成精神的连接。以完美和谐的尺度、体量和线条表达出人的存在感，建筑风格呈现出蜿蜒上升的韵律，形成一种流动的建筑美感。

距银川60公里的吴忠市是中华文明的发祥地之一，是河套文化、古丝绸之路的重要组成部分，历史悠久，文化灿烂。吴忠高铁站采用了伞状钢结构单元构成尖券肋骨拱顶，运用了现代化的大跨度结构体系。其立面把民族风格的装饰性图案用现代的设计手法重新诠释。采用75个模块化伞状结构的重复，营造出既富有韵律感又具有典雅地域风情的建筑形式，将结构之美直接呈现。车站气势恢宏，富有张力，既反映出吴忠独特的地域文化，又体现了改革开放以来积极进取的时代精神。

环县是华夏农耕文化的发祥地和中华民族最早的繁衍生息地之一，早在旧石器时代晚期就有人类活动。环县是农业大县，盛产五谷杂粮，产量

拍摄 · 曹文福

居甘肃省之首，是“中国小杂粮之乡”。庆阳皮影历史悠久，环县皮影更是被列入第一批国家级非物质文化遗产。环县也被中国民俗学会命名为“皮影之乡”。环县站的设计理念把环县的农耕文化作为重点，站房融入了粮仓、窑洞、皮影、窗格等地域文化的特点。

庆城，位于甘肃省东部，习称“陇东”，被誉为“红色圣地、岐黄故里、农耕之源、能源新都”。这里是革命老区，1933 年，刘志丹、习仲勋等老一辈无产阶级革命家在此创建以南梁为中心的陕甘边革命根据地。这里还是岐黄故里，中医鼻祖岐伯曾在此与黄帝论医，成就了中华医学巨典《黄帝内经》，被联合国教科文卫组织列入世界记忆名录。庆城还是农耕之源，周先祖不窋曾在此“教民稼穑”，开启了华夏农耕文明的先河。

庆城，两千多年前就拥有了世界上第一条高速公路秦直道。秦直道是秦时修筑的南起陕西淳化县林光宫、北至内蒙古包头九原郡的一条南北长达 700 多公里的交通干道，其中甘肃段是要害地段。据载，始建于秦始皇三十五年，主要作为运兵通道和交通要道。直到清朝时，秦直道才逐渐荒废，庆城也随之隐匿于历史的沧海中。时速 250 公里的动车组从这片土地上驶过，再一次将庆城古城推到了世人的面前。

缘于庆城的“农医之源、创新之门”，庆城车站造型提取了庆城地方建筑的特色，以及庆城曾经的“门户”之特殊的地理位置，强化形成门的形象。作为高铁站房，成为庆城的城市形象之门，厚重端庄，舒展大气，突显了庆城站作为庆城门户的标志性地位。

庆城车站的下一站就是庆阳高铁站。这里是银西高铁全线新建面积最大的站房。庆阳站房以“苍茫厚土，大塬流觞”为设计理念，从黄土高原的自然环境和特色建筑出发，采用现代建筑设计风格，通过稳重的形体塑造大塬的形态，体现了黄土高原的特质。置身站前，主入口采用黄土地特有的形态窑洞作为主题，两翼利用立面开窗的虚实变换，大写意出黄土地里夯土建筑的表面肌理，大气稳重的形体体现了董志塬的神韵和黄土高原的独有气质。走进站内，内装设计提取黄土高原门窗的特点形成规律的方形元素，既充满了音乐般的韵律和秩序感，又具有现代建筑的气息。

作为拥有全国最大站前广场的庆阳站，在彰显庆阳元素的同时，还结合庆阳作为西北海绵城市试点的优势，将站房的屋顶、站前广场等区域进行绿建技术研究创新，实现了雨水的收集和利用，有效改善了这里的微气候。

宁县，宁和天下，美丽如画。宁县站整体造型大气、古朴，取意“飞椽反宇，层楼叠榭”的意境，设计汲取宁县当地丰富的文化资源，以中国传统建筑大屋顶的形式出发，以现代的设计手法进行了表达，既有文化内涵，又保持现代性，具有较高的艺术价值和欣赏性。宁县隶属于甘肃省庆阳市，夏商时期，宁县属雍州，是周族发祥之地。秦始皇数游北地郡，蒙恬奉命修直道。直道途经宁县子午岭主脊约 60 公里，使宁县成为辅翼咸阳的军事要地。

出了宁县，就辞别了甘肃省，进入了陕西。第一站就是彬州市，彬州是中国农业发祥地之一。其建置沿革，源远流长。《诗经·豳风》描写的就是先民在彬州（古称豳国）的生产生活状况，因此彬州市也有“诗经之乡”的美誉。这里有世界文化遗产——大佛寺石窟，属国家级重点文物保护单位。大佛寺石窟位于彬县城西十公里的西兰路旁，寺窟始凿于北朝，大规模开凿于唐初，贞观二年（公元 628）基本建成，是唐太宗李世民为纪念在他亲自指挥的彬州浅水原大战和五龙阪大战中阵亡的将士而修建。最初起名应福寺，北宋时改名庆寿寺，明以来俗称大佛寺，以阿弥陀佛造像高大精美而得名。距今已有 1300 多年的历史，被誉为“关中第一奇观”。

彬州高铁站站房建筑就契合了大佛寺石窟的特点，墙体上如同石窟般的细节处理，加之巨大的浮雕字“彬州”，展现了大佛寺的石窟文化。车站属国内少有的切梁设站，结合地势，设计中形成了站房的高位优势，站房与台地有机共生。站前广场景观平台与彬州古城层层叠叠，远处眺望，烘托出仰莲造型的车站，成为名副其实的彬州地标。

永寿县隶属于陕西省咸阳市，地处渭北旱塬南缘丘陵沟壑区，距西安 98 公里，距咸阳 69 公里。

永寿县最为有名的是武陵寺塔，建在永寿县永平武陵寺遗址内，故名武陵寺塔。该塔身高 27.5 米，七层八楼，重檐楼阁式，层层有斗拱飞檐，角有风铃，风吹铃响，悠悠云烟。楼门有圆有方，外有平座栏杆，所雕图案祈福祥瑞。塔身内为两米见方天井，木质楼梯旋绕直达塔顶。隔层拱门相对，出拱门凭栏可以俯瞰四面山色。相传宋时此地为翠屏书院，从院中仰望宝塔，高塔耸立，白云祥和，甚为壮观。

永寿县被誉为中国槐乡，每到五月，这里的 40 万亩槐林绵延百里，槐花飘香，微风吹过，整个永寿县都是香甜的，吸引近万名游人和客商前来观光旅游。

永寿车站在建筑空间设计中，取永寿“万寿”之意，以万字、寿字等中国传统纹样为元素进行表达。寿字造型的柱头、万寿造型的椽子、槐花装饰的纹样，以及车站的造型仿造了武陵寺塔斜面的形态。建筑整体坚实稳重，巍峨矗立，象征江山永寿。

乾县位于渭河平原北部，这里物华天宝，人杰地灵。唐高宗李治和中国历史上唯一的女皇帝武则天合葬墓乾陵就在这里。乾陵是中国乃至世界上独一无二的一座两朝帝王、一对夫妻皇帝合葬陵，被誉为“唐代露天石雕艺术博物馆”。乾陵建于公元 684 年，历时 23 年才修建完成。

这里除了乾陵，还有建于清嘉庆元年的乾阳书院，让喜欢文化古迹的旅客们在这里是依依不舍，流连忘返，也给了高铁站房设计灵感和元素。

乾县站就以乾阳书院的复古屋檐为原型，转换成圆弧的设计概念，贯穿整个站房的装饰设计，在候车厅、出站口、售票厅中均有体现。在色彩运用上，整体采用皇家红色为主色，而在局部中，以古扇、格栅转换的元素为其点缀，与之相得益彰。使乾县站成为一座体现本地浓烈大唐历史文化的站舍，营造更具有地域特色的乾县风貌。

礼泉县处于关中平原腹地，山塬各半，地处大西安半小时经济圈，东临西安咸阳国际机场，毗邻空港新城和大西安文体功能区。

礼泉县建县已有 2200 多年，唐太宗李世民就葬在这里，其昭陵占地 30 万亩，陪葬墓 209 座，是世界上最大的皇家陵园，昭陵六骏驰名中外，昭

拍摄 · 尤艇

陵碑林与曲阜碑林、西安碑林并称中国三大碑林。

礼泉站以“泉涌”为主要设计元素，体现了才如泉涌、乐观向上的建筑意图。车站以现代石材为主要建筑材料，玻璃格栅融合其中，形成了厚重朴实却又活泼欢快的刚柔并济的建筑风格，体现了三秦人民朴实忠厚而又不失侠骨柔情的性格特点。

咸阳，位于陕西省八百里秦川腹地，渭水穿南，嵕山亘北，山水俱阳，故称咸阳。咸阳有着 2350 多年的建城史，是秦汉文化的重要发祥地。秦始皇定都咸阳，使这里成为“中国第一帝都”，也是古丝绸之路的第一站。

咸阳遍地秦砖汉瓦，文物景点多达 4951 处，五陵塬上有汉高祖长陵、汉景帝阳陵、汉武帝茂陵、唐太宗昭陵、唐高宗和武则天合葬的乾陵等 28 位汉唐帝王陵寝，被誉为“中国的金字塔之都”。为此，咸阳高铁北站的建设理念是以秦汉建筑最典型的四阿殿顶为原型，创造出极具秦汉韵味又合理、现代的屋顶形式。四阿殿顶也就是庑殿顶，“阿”是建筑屋顶的曲檐。“四阿”就是四面坡式的曲檐屋顶。庑殿顶共有五条脊、四面坡，所以称之为四阿殿顶。车站立面则运用横竖格栅，映射出秦汉建筑中的卧棂栏杆及直棂栏杆，形成生动对比。建筑整体雄浑大气，奔放有力，表达了对秦汉文化的追忆和致敬。稳重大气的气质，干练流畅的线条，象征着咸阳植根文化、快速发展的魅力。

西安古称长安，是陕西省省会，地处关中平原中部，是我国西部地区重要的中心城市，历史悠久，是中华民族和东方文明的发源地之一。早在 100 万年前，蓝田古人类就在这里生活。7000 年前的仰韶文化时期，这里已经出现了城垣雏形。西安有 3100 多年的建城史和 1100 多年的国都史，先后有西周、秦、西汉、新莽、东汉、西晋、前赵、前秦、后秦、西魏、北周、隋、唐十三个王朝在此建都，又是赤眉、绿林、大齐（黄巢）、大顺（李自成）等农民起义的政权都城。自西汉起，西安就成为中国与世界各国进行经济、文化交流和友好往来的重要城市。

西安是闻名世界的历史名城，“丝绸之路”就是以长安为起点，西至古罗马。与罗马、雅典、开罗齐名，也是中国六大古都中建都历史最长的一个，长安文化代表着中华文化的主干。西安北站的建筑风格体现了“唐风汉韵、盛世华章”的寓意，建筑形态融合了唐大明宫含元殿和西安城墙的元素，整体建筑显得朴素庄重、壮美雄奇。折板网格钢屋盖，既有中国传统建筑大屋顶的神韵，又是现代新型大跨结构技术的体现，达到历史文脉与现代科技的完美统一。

《中长期铁路网规划（2016—2025 年）》“八纵八横”高速铁路网规划，将西安纳入全国 19 个综合铁路枢纽之一。西安成为京昆通道、包海通道、青银通道、陆桥通道的交汇地。以西安为枢纽，将形成北至包头、东北至大同、东至徐州、东南至武汉、南至重庆、西南至成都、西至兰州、西北至银川的米字型高铁网络。同时，这 8 条高铁线与其他高铁网络互联互通，西安将华北、东北、华东、中南、西南、西北地区各省市实现高铁直通“手握手”。届时，西安将处于中国高铁版图中心的位置，西安的米字型高铁网将与全国高铁连片成网，也将形成覆盖全国的“大米字型”高铁路网枢纽。

中国铁路加速奔跑，车轮滚滚彰显使命担当。发展和提高交通运输条件是推动地方经济发展、实现工业化和城镇化的重要保证。每修建一条铁路，在铁路的沿线就会形成一条以铁路运输为基础的工业走廊和城市带。伴随着我国西部地区高铁网络的布局发展，我国经济发展的局势也将发生崭新的变化。

雄关漫道真如铁，而今迈步从头越。在铁路精神的激励引领下，铁路人勇于拼搏、奋发向上，将继续推动铁路高质量发展，加快建设交通强国。